i
imaginist

图书在版编目(CIP)数据

胡子有脸 / 西西著. —桂林：广西师范大学出版社，2016.1
ISBN 978-7-5495-5666-3

Ⅰ. ①胡… Ⅱ. ①西… Ⅲ. ①短篇小说 – 小说集 – 中国 – 当代
Ⅳ. ① I247.7

中国版本图书馆 CIP 数据核字 (2014) 第 144789 号

本书简体中文版由洪范书店有限公司授权出版，发行仅限中国大陆地区，不包括台湾、香港及其他海外地区。

广西师范大学出版社出版发行

桂林市中华路22号　邮政编码：541001
网址：www.bbtpress.com

出 版 人：何林夏
全国新华书店经销
发行热线：010-64284815
山东鸿君杰文化发展有限公司

开本：787mm×1092mm　1/32
印张：9.75　字数：115千字
2016年1月第1版　2016年1月第1次印刷
定价：42.00元

如发现印装质量问题，影响阅读，请与印刷厂联系调换。

西西

胡子有脸

广西师范大学出版社
·桂林·

想象另一种可能

理想国
imaginist

目 录

001　看画（代序）
007　方格子衬衫
015　海　棠
022　浮生不断记
034　档　案
047　肥土镇的故事
092　圣诞老人与烟囱
097　垩　墙
142　镇　咒
158　图特碑记
195　鸟　岛
233　胡子有脸
251　永不终止的大故事
290　附录　脸儿怎么说

看 画（代序）

我喜欢看画。

空闲的时候，坐在小矮凳上，把书本搁在大矮凳上，就可以看一阵画集了。

夏加尔是俄国人吗？莫迪里阿尼是意大利人吗？杜菲是法国人吗？波特罗是哥伦比亚人吗？不要紧，他们的作品，对任何一个人来说，没有文字的障碍，无需翻译，可以看得懂。

小说是章节的贯连，电影由场镜剪接，画似乎要不同些，仿佛孤寂的存在，既没有从前，也没有以后。古希腊那位哲人赫拉克利特怎么说？人不能两次踏进同一条河流。那么，画幅里凝定了的河流呢？

柏洛玛先生卡尔维诺曾说：步进美术馆看画，从一幅画到另一幅画，每个人可依自己的想象编述故事。的确这样，而且，看似孤立的画幅，彼此之间自有纽带，同一大室里的画，或许皆隶属古典的殿堂，另一楼层的，都可归聚为印象馆。

作者的画册，往往记录了个人的创作历程，从玫瑰时期到蓝色时期，中间的过渡，鲜有明显的断层痕迹。《草地上的午餐》，原是数百草稿的叠印。

阿根廷国立图书馆馆长博尔赫斯说：书本不但延展记忆，同时启发想象。文艺复兴的乔托在我，明澈如希腊悲剧，波提切利典丽仿若但丁，培根使我想起卡夫卡。

张萱《捣练图》里女子眉心的缀饰，就是《木兰辞》里的"对镜贴花黄"了吧？古老的熨斗，如此雷同一只长柄水勺。熨斗常常叫我想起福克纳，他在《喧声与愤怒》中写昆丁买两个熨斗，那时候的熨斗，竟然按斤两称计。

顾恺之的画里恒常出现两类树木，一种许是落花飞絮的杨柳，另一种却似鸡冠花。他画的罗伞，不知道是植物还是动物,那么像一条星鱼,难道是晒干了的巨大柚子皮?

我喜欢色彩。

喜欢野兽主义的浓炽,马蒂斯的剪纸,艳亮而忧伤;喜欢后期印象互补的色系,高更的平涂,完全像散文体系的小说。

我喜欢实物。

喜欢乌篷船、水浪纹、褶衣彩带;喜欢陶瓶、水果、布幔、鱼与黑鸟。有两个人画的黑鸟,我念念不忘:朱耷与勃拉克。

我喜欢人物。

喜欢水手、小丑、渔夫、裸妇、琴师、舞者;喜欢姿态、眼神、步调和肌肤。如果天使也是人物,我也喜欢天使。天使都长着巨大的翅膀,泉州开元寺的飞天也不例外,只有敦煌的飞天没有翅膀,靠飘带飞舞。

陶渊明正在吃菊花吗?明代盛行山水和花鸟,然陈洪绶独绘人物。他的白描水浒叶子,头上遍插花叶(会是茱萸么?)的,竟然都是男子汉:小旋风柴进、浪子燕青,还有拼命三郎石秀。时迁偷的是只华丽的雉鸡，史进身上满布夔纹的云龙。

不耐看的画我照样看。

阿加姆（Yaacov Agam）眩目，但像群宴的彩虹；蒙德里安机械化，配上音乐看却充满动感。前拉菲尔画派流于纤巧，仍孕育点书卷气；普普艺术毕竟粗疏，然而散发反叛的声音。郎世宁滞于工整，但高度传真，看他一卷《木兰图》，等同阅读一遍皇帝狩猎的故事。画者只需严肃创作，态度诚恳，成败得失，不足以论英雄。

卢梭那些狮虎出没的热带植物林，可以挪作不错的糊墙纸，可他是素人画中的奇葩。杜尚为蒙娜丽莎加上两撇八字胡须，看来戏谑，我只觉庄严。米罗把绳织并贴在画布上，呈现物质肌理的绝佳对比。

我喜欢讲故事的画。

李公麟的《维摩演教图》讲维摩说法，天女散花，文殊的大弟子遭天女抖落的花朵黏满袈裟了。"结习未尽，花着身耳"，这是大乘的教义。

我喜欢连环图。

西斯廷天顶上是米开朗基罗画的一套《创世记》故事：划分光暗、创造日月、创造水陆、创造亚当、创造夏娃、逐出乐园、挪亚献祭、挪亚方舟和挪亚醉酒。一连九幅大壁画，是连环图，像一本画在墙上的故事书。

我喜欢卷轴画。

顾闳中用五幅以屏风相隔的连环图来讲述韩熙载夜宴，那么多的人，就像古埃及的壁画，主要人物画得特别大。德明和尚不好意思看王屋山跳"绿腰舞"，别过头去看韩熙载击鼓。除了羯鼓，乐器方面还有琵琶、箫、笛、檀板和筚篥。看看那名琵琶伎，坐在锦墩上，穿水绿衣，系淡红裙，罩紫色彩金帔，梳高髻，插凤翅，着云头鞋。看看那套杯盘，影青带温碗的执壶、带托的酒杯，典型的五代北宋青瓷器皿。画里的桌案家具、织绣花纹，无不细节详尽。

我喜欢细节详尽。

我喜欢走马灯。

如果要我糊一盏走马灯，我就会选张择端的《清明上河图》了。那条河将永远流不尽。古希腊那位哲人赫拉克利特的学生克拉底鲁又怎么说呢？人连一次也不能踏进同一条河流。一切皆流，一切皆变，可惜他没有真正领会老师的辩证法。《清明上河图》是一幅流动的风景，房子鳞次栉比，路上满是骡子、毛驴、马匹、牛车、轿子和驼队，夹杂着和尚、道士、乞丐、官吏、江湖郎中、算命先生、商贾、船夫和摊贩。拿一个放大镜来，可以一厘米一厘米地仔细看画里的船钉、席纹、水绉、叠瓦、排板、伞骨、虹桥和彩楼欢门。衙役在官署门前打盹睡觉，十字街头，打扮得像取西经那玄奘似的行脚僧走过来了，经过赵太丞家门外那口四眼井，经过一座围着许多人听说书的茶棚。啊啊，茶棚里的说书人，他正在讲什么故事呢？

我喜欢听故事。

让我到茶棚里去坐一回，听一阵子故事再说。

方格子衬衫

你选择了我,我很高兴。

在我的旁边,是一件玫瑰红的丝衬衫,领口上有细窄的缎带,可以束成蝴蝶结。你没有选择这件衬衫;在我的对面,是一件通体晶莹的抽纱麻纺象牙色的衬衫,镶上珍珠的圆纽扣,袖口是层层叠叠的缕空花边。你没有选择这件衬衫;在我的背后,是一件百分之一百免浆熨的尼龙衬衫,即使你把它放在地上用脚狠狠地踩踏,它也不会起皱,假若你用它来盛载果汁,它几乎不会漏水。你没有选择这件衬衫;此外,还有一件没有衣领、没有袖翼,穿在身上像裹了一只长袜似的烟囱形苹果绿衬衫,它虽然模样不像衬衫，可也是一种衬衫。你也没有选择这件衬衫。

在这么多的衬衫之中，你选择了我，我很高兴。我知道，你是想找一件穿在身上舒服大方，看在眼内色调和谐的衬衫；你想找的是一件平平实实，能够和你一起愉快地度过整个炎夏的衬衫。这样的一件衬衫，能让你穿着去工作、去散步；上剧场、上沙滩；喝下午茶，攀山远行，躺在草地上、阳光下。你要寻找的是这样的一件衬衫。而我，我一直希望能遇上一个喜欢和这样子的衬衫打交道的人。所以，你选择了我，我很高兴。

我看得出，你是一个喜欢游泳和晒太阳的人，因为你的脸上满是阳光，你的头发又短又活泼。这样很好，因为我也喜欢阳光，在阳光下晒久了，我会散发一种橙花的气味。我发现你除了喜爱游泳晒太阳，还喜欢坐在咖啡室里和朋友们一起谈论天南地北，喝一点儿红酒，或者来一点别的烈的什么，并且抽烟。我喜欢咖啡室，我喜欢咖啡和烟草的香味。在咖啡室里，每个人都显得悠闲；悠闲，是我所喜好的忙碌工作后的生活状态。

你选择了我，我想，你一定知道了我的个性，比如，我是怎样的一件衬衫。我，是一件棉质的衬衫。其实，棉质的衬衫也有颇多的类别，因为我的兄弟众如繁星。你当然看得出，我不是一件厚的棉质衬衫，一如冬日那种厚重的毛棉，必须抵御凛冽的寒冷。我是薄质的棉布衬衫，柔薄的程度，足以使你不至于被炎日炙伤，也不会令你在凉冷的空气调节室内受寒。由于经过适当的处理，即使经过严厉的洗涤，我不会褪色变形，也不会皱得一塌糊涂叫你生气，如果你不相信，随时可以试试。

经过磨炼，你一定会发现我实在有不少的优点，疾风知草劲。你看，把我扔进洗衣机里，可以用温水或冷水、硬水或软水、液体的泡泡肥皂水或固体的无泡肥皂片水，把我拌搅、旋转、搓擦。从洗衣机内出来，实验证实，我是一件经得起考验的衬衫。你可以把我仔细检查，你当发现各处的缝线都极为牢固，肩膊的四周，均有一环布条镶在夹缝，无论你如何挥动手臂，做种种的操作和运动，也不必担心腋侧忽然迸裂了缝口。至于整件衬衫，每一处的布缘无不细针锁收，绝不披口；这些，你在选择我时一定已经注意到。

　　我是一件喜爱浸浴的衬衫,主要的原因是我必须依靠流水为我梳理布孔的通道。啊,你知道有一位英雄人物诸葛亮,字孔明?他的名字,对于我,是最精炼的形容词。这,我必须打从我的躯干骨骼结构说起,不,我可不是打算跟你讨论结构主义。我告诉过你,我的兄弟众如繁星?我的一半兄弟们,骨骼都是针织的架构,换句话说,它们的骨骼构成,是以一种打毛线的方式,用连锁钩织法织成的,故此,它们的模样,像一条条的绳子或发辫;而我,我的骨骼构成,是一种井田制,非常原始,根植于泥土。你只要对着阳光把我扬展观看,当可一见个个孔明诸葛亮的景致,我的骨骼是由纵横的棉线交织纺成,纤维之间的缝隙非常细微,却阡陌绵绵,自成风景。

　　和你一般,呼吸对我极为重要,当凉爽的南风迎面吹来,我会敞开所有的田间小窗,让和风流散使你感到清凉,使你的肌肤可以呼吸清新的空气。推己及人,这也是你必须时常把我浸浴的原因。事实上,你选择了我而没有选择那件百分之一百免浆熨的尼龙衬衫,显示了你并不打算穿一个胶袋。

如果你是一个喜欢熨衣服的人，我绝对欣赏，你把我熨得整齐舒坦，令我更觉容光焕发。不过，若是你认为穿上略呈微皱的布衣别具风采，我同样赞成，这使我觉得更充满艺术家的气质。我知道你有朋友，或者，你有时会把我让朋友穿上，这方面我并不介意，你使我为你的慷慨感到骄傲，你能够重视你的朋友多于重视你的衣衫，是你的美德。

关于我喜欢浸浴，主要的原因当然是因为我喜爱游泳，还由于我不能适应过多的盐分。我知道，你是一个喜好户外活动的人，在烈日下运动会令你流汗，你当发现，我会把你的汗水传递阳光底下、凉风之中，迅速挥发，使你不至于仿佛生活于潮湿的沼泽。但我的能力有限，我不过是一件卑微的棉布衬衫，不是伟大的超级蒸发机，我是没有能力把盐分蒸发的。所以，每次当你远足回来，请不要忘记让我也分享一下浸浴的乐趣，难道你要实验把我改变为一亩盐田？

浸浴之后，只要把我悬挂在空气流通的地方就可以了，这样，我也可以做一些属于我等衬衫自己的运动，以及跳一些衬衫们独有的传统舞蹈。我对你很有信心，知道你绝不会开了糊水把我浆硬，令我窒息，你有时可能会尝尝铁板鲷鱼，相信不会愿意穿一件铁板衬衫。

在你的家里，我居住得十分舒服，感谢你给了我足够的空间，而且，我的环境清爽干燥，甚至，容许我的誉赞——素丽。在这里，我结识了志同道合的朋友，你的其他几件棉布衬衫，格纹虽然隐淡了些，体格依然健康，并且精神奕奕，他们说，和你已经是多年的老朋友了，我因此感到异常安慰。你的粗布长裤，和我也相处融洽，话语投契，我等不但个性相近，连肌理色调也系属一个家族，尤其令我惊喜，而这，恐怕正是你选择了我的理由。我于是真的相信，我是生活在桃花源了。

我可是一件有自知之明的衬衫，不错，我有我的优点，但我并非十全十美，因为即使在这广阔的宇宙中，若要寻找十全十美的任何事物，除非向上帝订造。明艳的花可能不香，没有骨头的鱼可能不够鲜甜。我必须让你知道我的缺点，供你参考。我对漂白剂天生敏感，它们会使我睁不开眼睛，导至色盲。我全身最柔弱的地方是领脊，经过太多的洗擦，它最容易破裂，不过，你可以把领拆下来，反缝一次。这就是为什么人们都有两只眼睛，而衬衫要有双幅领面。还有，由于现代的工业文明，机械逐渐取代了人手，缝在我面前的一列七颗纽扣——可都是由贝壳磨成的结实耐用纽扣——都是由机器缝在衣上的。你瞧见纽扣孔上露出来那一点儿的线段尾巴吗？这线头，只要轻轻触及，或无意牵引，就会松散，纽扣于是就掉下来了。但这是没有办法的事，机器毕竟是机器，而且没有莲藕的感情。你只需拿出针和线来，动一动手亲自把纽扣重新缝一次，这样，他们就会和我形影不离了。关于纽扣，你也注意到衬衫内侧襟条下的后备纽扣吗？你可以把它也缝一次，或者，你干脆把它从衣衫上取下来，妥当收藏，这样，你将来就不必因为失落了一颗纽扣而不快乐。

关于缝纽扣的事，恕我直言，你会选择一种不褪色、不缩水、不轻易折断的线的是吗？你会选择米色的线而不选择耀眼的白线的是吗？你会在纽扣和布面之间留下一点适当的空隙的是吗？你会把第一颗纽扣的扣孔横向缝订而其他的六颗纽扣扣孔直向缝订的是吗？你必须不要懒惰，只有得到你的了解和协助，我才能成为一件更扎实、充满自信的衬衫。

一九八一年六月

海　棠

他们看见了哑巴的海棠：蜡叶海棠，浓郁地撑展起数十片挺拔的圆叶子，翠绿或墨褐色的叶丛中铺散开一簇簇水荷红的群花；还没有发花的蓓蕾好像一组列队的蚌贝，已经盛放的花朵像牡丹，每一朵花的核心，在重重叠叠密瓣的极顶，还含孕着三四个玫瑰球似的新蕾。他们于是惊讶了：哑巴，原来你也喜欢栽花呀。在他们各自的桌面或桌旁的窗台上，正青葱嫣艳地陈列着他们栽种的各类植物，不乏纤巧但健硕的活石头、柔嫩却多刺的雪晃，但最多的还是东非紫罗兰。点彩的斑叶、皱瓣与大旋浪的叶缘，常是他们循环不息的话题。他们一直以为脏脸的哑巴手中所提的除了水桶不外是地拖，但午餐过后，他们看见哑巴双手扶托住的，竟是一盆体态稳重、枝叶蓬松的植物。哑巴横过大堂，一直走到通向杂物室的小门后，把植物放在一张木椅的底下。他们于是过去把盆花从阴暗的角落搬移出来，摆在光线昼白的地方。他们说：哑巴，植物喜爱光亮，椅子底下太暗了。哑巴眨了眨眼睛。哑巴说：呀，呀。

他们说：哑巴，这是一盆漂亮的海棠，得好好地打理才是，松软砂质的土壤比较适宜，好让须根容易呼吸，这个密封的胶盆不透气，回去换一个红砖的瓦盆吧。哑巴眨了眨眼睛。哑巴说：呀，呀。他们说：哑巴，海棠喜爱充足的阳光，多照太阳，叶子才会新绿，不过，又不能晒太多，太阳晒多了，叶子都会老，像饼干。哑巴眨了眨眼睛。哑巴说：呀，呀。他们说：哑巴，所有的植物都要施肥，每十天，或者半个月，可以施一次，海棠有花，去选一种适合开花的肥吧，海棠特别需要较多的磷。哑巴眨了眨眼睛。哑巴说：呀，呀。他们说：哑巴，海棠会长得很蓬勃，主干的侧旁会茁生许多小枝桠，每条横桠都可以剪下来繁殖,就在环节底下割切,摘去老叶子,插在泥里,不久又是一棵新海棠,这样子,你将会有很多很多的海棠,像地毯。哑巴眨了眨眼睛。哑巴说:呀,呀。

他们忽然看见一只很小的白蝴蝶,在一蓬鱼尾芒上略略停息,又扑翅振飞起来。蝴蝶点泊在花朵累累的大岩桐上,又憩留在长着兔子耳朵似的樱贝上,然后扑在窗玻璃上拍拍鸣声。他们不知道这幼小的动物怎样飞进来,因为所有的门窗都早已紧闭。他们说:白蝴蝶大概从对面的休憩公园飞来。他们说:大概是早上停电时候来拜访风信子的。他们于是打开一扇窗扉,让蝴蝶翱翔出外。

※

中午的时候,他们决定一起出外午餐,他们之一因此要改变原来的秩序,遂把电召送来的一小包食物给了哑巴。天气仍然炎热,哑巴在横巷的饭摊子上进了一盘碟头饭,然后握着食物包步进阴凉的商场。哑巴一面吃一个热狗一面沿着长廊走,回避到一个不受挤迫的据点。迎面有许多人掩着鼻子转出来,只有哑巴依然朝前走。长廊的末端原来是一间花店,哑巴就站在这个人们纷纷离去的地方。就在这个地点,隔着玻璃,哑巴看见自己的鼻尖对准了一条非常好看的毛虫。和哑巴一般,毛虫正在默默地独自吃它的午餐。那是一条浑身闪烁黑白彩光的毛虫,身子是那么的柔软,满身丝绒一般的细毛,像披上一件精致的刺绣。很久很久,哑巴的双足没有移动,移动的是花店主人的碎步。

花店主人说:喜欢哪一类的盆栽呢?送礼用还是自己种植?请进来随意参观吧。哑巴眨了眨眼睛。花店主人说:喜欢海棠吗?这盆是钻石海棠,新品种,会不停地开花,到了秋天,花朵还要多;海棠很容易打理,多浇水,晒晒太阳,就会长得十分茂盛了。哑巴眨了眨眼睛。花店主人说:我这里地点不好,对面又是厕所,要结业了,现在正在清货大减价,买两盆送一盆,如果你只要一盆,算对折,很便宜。哑巴眨了眨眼睛。哑巴只看见毛虫,毛虫很胖,它在一片厚叶子中间穿了一个大洞洞。

透过玻璃的反照,哑巴看见自己也很胖,手中的热狗也穿了一个大洞洞。花店主人说:今天是最后三天了,所有的货我们都不要了,再便宜一点卖给你吧,这真的是一盆不错的海棠。哑巴眨了眨眼睛。

哑巴坐在休憩公园罗盖下的石凳上,把盆栽从背心型塑料袋中取出来,撕去裹着花盆的旧报纸,把盆缓缓地移转,不久又看见了毛虫。毛虫已经吃饱了,在散步。毛虫有许多脚,却走得很慢,有这么多的脚而走路走得这么慢,那就是散步了。当毛虫散步的时候,哑巴才知道哪一边是毛虫的头,哪一边是毛虫的尾巴。哑巴吃完了热狗,开始吃纸袋里的薯条。哑巴拿一点薯条给毛虫吃,毛虫一惊,缩在叶子上不敢动了,等了很久,毛虫才继续它的散步。当毛虫蜷曲在叶上,哑巴就分不出哪一边是毛虫的头,哪一边是毛虫的尾巴了。哑巴吃完了薯条,双手捧着海棠回到工作的地方来,把毛虫放在自己休息时坐的椅子底下。

※

蝴蝶飘出窗外，在白日的强光下，一霎眼就不见了，仿佛窗玻璃上从来没有过一只拍翼扑扑的白蝴蝶，仿佛蝴蝶只是他们的一种幻觉。但他们还是说：我们这里快要变作一座花园了吧。哑巴开始挽起水桶去盛水，准备洗抹门外的梯级。他们说：蝴蝶真是一种缥缈的生灵。他们也坐下来开始他们的工作；他们打字，他们剪辑资料，他们翻查字典，他们把一叠纸从这边的木抽屉取出来转换到另一边的木抽屉去。

哑巴提着水桶去换水，经过花盆的时候，静静停下步来仔细找寻，毛虫睡觉了。原来毛虫喜欢睡午觉。哑巴没有睡午觉，他们把一叠信交给哑巴去寄，哑巴不久就回来了，回来的时候手里握着一只小杯，仔细把杯里的水浇在海棠的泥土上。哑巴很小心地浇水，水都浇在花盆的四周，不让水点溅湿毛虫的身体，毛虫又没有雨衣。三点半的时候，他们说：该喝下午茶了吧。他们忽然记得要罚一位同事请众人吃雪糕，于是写下食品的名称让哑巴去买,并且要用干冰盛载回来。哑巴不久又回来了,这次手里还握着一包魔肥。他们分别领取一份冰冻的甜食,四散开来。哑巴拆开肥料的硬盒,把一颗一颗白色的球体堆在海棠的根部。毛虫也该喝下午茶了吧,或者,毛虫在织布。哑巴把花盆旋转了几次,并没有再看见毛虫。他们说:哑巴,你的海棠惨遭虫患啊,好可怕的一条毛虫,好胖,不久就会把整盆花都吃掉了。哑巴手中的魔肥滚散了一地。他们说:七八片叶子都给蛀穿了,幸亏发现得早,我们非常勇敢,替你除了虫害。哑巴急急走到一个字纸篓里去翻。他们说:真是一条很胖很可怕的毛虫呀,不用看了,已经变了糊浆了。哑巴掉转头来,张大了嘴巴。

一九八〇年七月

浮生不断记

　　一切烦恼的起源，不外是由于对某一件事物过分的注意罢了。这个道理，我是绝对明白的。所以，这么多年来，我能够和这个世界上的一切人与物相处得平静无事，完全因为我已经不企图去了解任何一个人，也不对任何事物作最起码的关注。我这样做，仍是依循经验的指引，类此的经验，我是数也数不尽的。举一个简单的例子来说，若是我过分注意了我居住地方天花板上的一个角落，那么，我会发现在墙角与墙角的交接处竟无声无息地凝聚了一道道袅袅的灰尘条子，而这样，我就不得不手提接驳好了的竹管与铁条之类瘦削身段物体去进行一次积极的打扫；这样的工作必定会花掉我假日下午的良辰美景，使我不能够到郊野去散步远足好为我的肺腔沐浴；再说，实行一次清理墙角尘埃的壮举，必定使我的双肩疲乏得有如参加过一场剧烈的网球比赛，这样，我在第二天上班时就不能轻松地埋头于我的工作了。那一次，我不过对我的古老冰箱作了过分的注意，就发现我原来不得不融雪了，于是我被逼放弃了我正在阅读一册小说的乐趣，忙碌于把冰箱中的一切蔬果、肉食及饮品挪移出来，顺便用抹布把冰箱的内内外外来一次彻底的清理，并且忠诚地守候在冰箱面前，把逐渐融化的冷水和小冰块一盒子一盒子细心翼翼地端到厨房去倾倒；清洁冰箱的时候，我当然发现到我那古老的冰箱着实冒了不少汗，仿佛我在北国冰天雪地之中清晨起来看见窗上的冰花，在阳光下渐渐变形，终于解体为一道道涓涓的细流；我古老的冰箱且会呻吟，常常如同我的一个洗衣机那般，在干衣时发出阵阵狂热的震栗。所有这些征象，都使我不得不展开一次明智的思考：或者，我是应该更换一个冰箱了。如果能够换置一个自动融雪的冰箱，我岂不是可以减少许多不必要的搬运冰水的工作,得回不少完全属于我的珍贵时光,做我喜好做的事情?要知道,我是一个每星期必须工作四十四个小时的人,当我下班回家休息,我必定已经十分疲倦了,工作总是令人倦乏的。在我空闲的时间内,我一直希望能够安详悠然地听一阵我喜爱的唱片,或者到外面去和三数知己一起喝喝咖啡,若是我对四周的一切事物过分注意,那么我将不可能拥有即使是只属于我的半小时,也将永无宁日地成为我的环境的奴隶。为了争取更多的闲暇,我渐渐习惯了不再过分注意身边的一切事物了,尤其是那些和我日夕相对的桌椅橱柜,旁及所有的杯碗瓶罐等等,一旦集中了我的注意来关怀它们,它们准会把我折磨得不成样子。所以,我为什么好端端地要俯下身子去看看床底下究竟还有没有别的鞋子呢?虽然,我估计我其实尚有几双可穿的鞋子,但我还是每天穿同样的那双扔在眼前的鞋子就算了。我的决定是:我大可以把这双每天穿的鞋子穿破,然后才去找寻另一双。事实上,我完全明白了找寻另外一双鞋子时将会遇上怎样的情况、过程和后果,那不外是这样的事情：当我俯下身子用一把雨伞到床底下去把一个鞋盒打捞出来，我必定发现这个鞋盒早已布满了灰尘；而我的雨伞，因为我这么地把它划进床底下去钩索鞋盒出来，不可避免地也染满了尘埃，而且带出一堆在尘埃中不知如何同时存在的一支毛线织针、一只袜子或一张水费单之类的东西，当我握着一把那么见不得人的雨伞的时候，我是不得不勉为其难地把雨伞拿到花洒下去冲洗一番了，最低限度我也会只用干毛巾把它约略一抹算数。当然，我也可以等待下一个雨天，把伞撑出去，让大自然来洗涤它自己的灰尘。又或者，我还是闭上眼睛，干脆把伞留在床底下算了，甚至把一切由雨伞打捞出来的奇异鱼族也一并回归大海。但这是不类我的个性的，只要我一旦寻找起我的鞋子来，我必定会下定决心打扫一下我的床底下，而因此蔓延我居室的整个地平面，结果，我自己当然也变成一个蓬头垢面的尘埃人了。难道说，到了这个时候，我不该为自己也特别清洗一番？虽然，我在清早起床之后已经淋过一次浴。我想，当我打扫我的居室的时候，我是会为了这种令我筋疲力倦的工作而联想起我其实也应该添置一具吸尘机。在这么文明的社会中生存，我居然还要劳动自己的体力去做一件由机器就可轻易办得到的事吗？作为一个人，我们不是应该努力运用我们的脑袋，而不是竭力去消耗我们的劳动力吗？我又不是一头耕牛。再说，我们为什么要发明那么多的东西呢，像电灯、电话、洗衣机、吸尘机、汽车、火车、火箭和太空船，等等？如果有了一具吸尘机，我就可以轻而易举地使我的居所迅速变得整洁一点了，比如我的杂物架，我的桌椅和矮柜、茶几，上面也是常常布满灰尘的，不但布满了灰尘，还有蟑螂的出没。所以，我其实还应该选择一个适当的日子，替整所楼房喷上杀虫剂，然后紧闭门窗，自己到外面去吃一顿丰富的午餐，看一出热闹愉快的电影才回家。当然，回家后，我仍得继续洒扫屋子，为蚂蚁收拾残骸——所有这一切的工作，结果都会使我疲于奔命，而我，以我有限的生命存活在这个世界上，难道就为了无日无夜地去征服和驱逐一批批的灰尘吗？我刚才曾提起我的鞋盒，我是为了要找一双鞋子穿才去把鞋盒从床底下打捞出来的，我已经等到我脚上的一双鞋子已经完全不能再穿了才不得不采取这样的行动。我的鞋盒，当我把它发掘出土的时候，除了表层上布满了灰尘之外，盒子或者已经遭受了虫蚁的蛀蚀，鞋盒内的鞋只，也许已经霉烂，甚至经过了鼠辈的飨宴，我结果还不是仍需为我的双脚操心，去买一双鞋子？还是再花一段长时间去把旧鞋擦抹修理还原？由于经验的累积，我不断激励、鞭策自己，终于做到了不再对四周的事物过分地注意了，这也是我从来不欢迎任何不相干的人，甚至与我颇熟悉的朋友到我的居所来采访的缘故。据我所知，我所认识的人中，十个有九个，甚至十个之中有十个，都是天生对外界事物或多或少会特别关注的人，他们一旦进入我的住所，就会发现我所居住的地方是如何地不符合他们的家居整洁水平。比如，我的桌子上堆满了发卷、唱片、编织中的毛线，以致我必须推开一叠叠的报纸、妇女杂志、花瓶、小摆设之类的东西才容纳得下摆放他们的茶杯；我的浴室的镜子又模糊不清，并且起了蒲公英似的斑点，使他们在相照之下还误以为自己患上了天花。但我是安于我这样的环境的，我与我一家的墙窗桌椅和平相处，感情融洽，因为这么多年来，我过的一直是我认为正确的、不对身边任何琐碎事物过分注意的生活，我觉得十分随意，而这也是我觉得理该如此的事。我把我的视觉标准调度到一个我认为合适的角度，不论家居或外游，坚持原则，是我的骄傲。我想，我的确要比一般的大多数人要少受外界物质的困扰，比如，经过百货公司的橱窗时，由于我对身边的任何事物并不过分注意，那些光亮明媚的物体对我就失去了它们的魅力了。我从来不必为一件精致出众的不论是钻戒还是皮裘而感到神魂倾倒，辗转反侧，因此，我的生活可以过得很朴素，这也正是我的愿望。要知道，如果我对一幢西班牙式的别墅并不过分注意，我就不会存有"我所居住的地方是一个狗窝"的念头，我于是也不必拼命去赚钱，把我美丽自由、无拘无束、逍遥愉快的前半生浪费在分期付款一层楼房这等属于二十世纪八十年代的荒谬剧上。我对其他诸如此类的譬如职业、旅游、婚姻等等的事务也抱同样的态度，这都使我生活得十分舒适。不过，事情也不是一成不变，像我这样一个吃过过分注意身边事物苦头的人，如今又那么小心谨慎、步步为营，竟也有走出了轨道的时刻，而这，大概也只能归咎于我的星座运程与宇宙太阳系中行星连珠走向的天象有了抵触。我不知道在那个星期日的下午，我为什么忽然要对一只小小的蚂蚁过分关注，我不是一个早已懂得该对一切事物保持适当的距离，采取袖手旁观、绝不投入的态度的人了么？这是我如今仍不明白的事情。我当时是在厨房里剁切一块肉饼，我想做一个馅饼作晚餐，更换一下每天嚼食饭盒的单调食谱。当我切剁肉饼的时候，我忽然发现面对的墙壁上出现了一只小小的黄丝蚂蚁。那么小小的一只蚂蚁，依照我平日的视觉水平，我原该看它不见，又依照我的视觉标准，我还该对它视而不理，但那时候，可能是由于整个长长的冬季以来，我已经没有遇见过一只蚂蚁了，我甚至以为我的闭户杀虫法生了效，才使居所中的蚂蚁绝了迹，并且以为我从此可以安枕无忧。蚂蚁出现，使我突然感到又惊又喜，喜的是冬天终于过去了，在这个城市之中，只要冬天一过去，接着而来的就是夏天，夏天是我最喜爱的季节，因为我是一个极端喜好游泳的人；惊的则是，我的闭户杀虫效力已经消失，我不得不设法另作别种更妥善的方法来对付居所之内的这一批批不速之客。我不是早已把我的个性剖析清楚，我原是一个不欢迎访客的隐遁者。或者，当我拿着一把菜刀的时候，我整个人竟充满了一种莫名其妙的杀戮的欲望也说不定。我一面切剁肉饼，一面凝视蚂蚁在我面前昂然漫步，它一直朝瓷砖的大戈壁横行，稍后，我又看见另一只蚂蚁反方向而来，蚁们邂逅交谈之后，又各自继续它们独行的长征。渐渐地，我在蚂蚁的丝绸之路上发现了大批的香客，那简直是一队队庞大的骆驼队，这就使我不得不惊慌起来了。蚂蚁雄兵无时无刻无孔不入地侵袭人类的地球，作为一个人，我们必须对外界的种种侵略进行有力的反击，否则，若干年后，人类将何处存身？我放下肉饼，跟随蚂蚁的足迹，追踪到它们基地的入口，那是我厨房的东部，一个碗橱的旁侧，蚂蚁没入橱背就不见了。到了这个时候，我的过失是没能及时反省，我对蚂蚁的注意实在注意得过了分。我极应该在这个重要的时刻立即罢手的，但命运发挥了它特有的一种奇异引力，如同一个密结的网套，把我笼罩。命运的引力比地心吸力不知道要强劲多少倍,我在许多小说家的笔下早遇见过不少类似牛顿的人物,对命运的引力列下不同的见证。没想到,这引力竟也发生在我身上,并且如火如荼地熊熊地燃烧起来。我于是把切剁的肉饼移开,把注意全盘集中到蚂蚁的国度上。我不得不承认我其实是属于天生好奇心重而又常常庸人自扰的一个人,我所以能够坚持对我的四周事物不过分注意,至少有一半的原动力要归功于我的懒惰。但好奇心一旦发作,我又陷入无药可救的地步了。我开始在瓷砖上挖挖掘掘,然后把纸条布碎塞进洞去,希望从此可以把缝隙闭塞,但我挤进无数的纸条布碎甚至防火用的细砂,仍然没有把缝隙填满,这就使我更加欲罢不能了。我试过用水去浸淹墙洞,并且奇怪地把洗洁精灌注进洞,又努力填塞去污粉。我不知道我为什么会动用洗洁精及去污粉,仿佛一触及那些粉剂和液沫,一切不受欢迎的无论什么都可从此冰消瓦解。但我要消灭的并不是油腻污迹,而是蚂蚁,这又证明了我其实是一个处事糊涂的人。后来,我还用火去焚烧蚂蚁的巢穴,也没有显著的效果。

没有因此而引起火灾，是我莫大的幸运。到了这个时候，我更应及时罢手了，我何不专心细意地剁切肉饼呢，我不是希望做一个馅饼来作晚餐么，如果那样的话，那个晚上我也不会连任何晚餐也没有着落了。事情的结局是这样的：我整个下午就在那里对蚂蚁展开反击战，直到我不停用大锤去敲打那道其实并不坚固的薄墙，而最后，我听见了天翻地覆的巨响。我厨房的墙，连同墙上的碗橱，连同碗橱内的瓶罐盆碟、砂锅面钵，就在我的面前倾塌下来，灰沙扬洒了我一头一脸。待得尘埃微微落定，我忽然发现我竟和在电梯内常常相遇却从不点头从不打招呼的一个邻居面对面了，彼此都露出了一副呆若木鸡的表情。我的邻居充分表现了他爱邻如己的精神，立刻跨进破墙前来扶助我，因为我的双腿都被砖石压在墙下。稍后的两个月，我是在疗养院中度过的，脚上打了石膏。我因为这次意外，向公司索取了原该用作旅游的全部假期，并且损失了几个月的薪水，去修补重建厨房的墙壁和碗橱。回家之后，我发现那爱邻如己的邻居，不但是好邻居，还是善牧者，因为他在我家冷僻的角落，顺手牵走了我不少珍贵的羊只。我对我的遭遇作了一次检讨，结论是，这一切的烦恼，只不过由于一开始的时候我对一只小小的蚂蚁作了过分的注意。所以，我再次对自己说：从今以后，必须加倍警醒，为了避免一切烦恼，为了和这个世界上与我共存的任何人或物保持宁静相处，必不可再对身边的事物过分注意。事实上，为什么要去过分注意我们四周的一切事物呢，如果我们过分注意草原，就会发现草原已经枯黄；如果我们过分注意泥土，就会发现泥土已经贫瘠；如果我们过分注意空气，就会发现我们所呼吸的空气其实是经过污染的；如果我们过分注意食水，同样的，我们也会发现食水中充满了无数的细菌，而这样做，对我们又有什么好处呢？不外是使我们都成为烦恼的傻瓜罢了。所以，我们是不应该对四周的事物过分注意的，尤其是那些看来微不足道的事物，比如一只小小的蚂蚁。

一九八二年四月

档　案

那时候,我就常常看见他了。我也不是特别看见他,我还看见其他的一些人,比如:做棉花糖的一个人,拉龙须糖的一个人,还有,摆地摊的那个人;地摊上敞开了种种式式的杂货,有时候,我买一个木头刻花的饼模子,有时候,我选一个满身齿痕的丝瓜刨,也不真的就为了要做饼刨瓜。

棉花糖真奇怪,忽然竟都可以是艳彩的。粉红色的一球棉花糖,像什么呢?还有柠檬黄的,仿佛棉花全不像棉花了。只有白色的棉花才好像是棉花吧,而且,好像只有白色的棉花糖才可以放进嘴里。也许是棉花糖受了冰淇凌的传染才变成那样子的。不过,龙须糖仍是原来的模样,麦粉色,老老实实的依然是麦粉色。其实胡须倒很少有麦粉色的。

那时候,我常常围着的小摊子还要数地摊多些,龙须糖其实没有多大的变化,紧紧的一团粉后来就变成细细糯糯、长长松松、散散碎碎的了;而棉花糖,团团转呀,菊花园呀,一蓬一蓬彩色的烟雾,迷迷蒙蒙地,倒不着意特别出落得魔幻。那时候,我就会站在小地摊的面前,看看一个竹节的抓痒耙子,又瞧瞧一个篾织的网筛。

但我结果总是站在他的小摊子面前,而且站很多时候也不离开。他是做面粉人的,占了市集极端一个小小的角落,坐在一张折凳上。凳的一边,他小心地坐稳了,凳的另一半,他搁置了木头箱子,箱上有一个木架,架上插着他手捏的面粉人。如果他打开箱子,我可以看见整整齐齐的不同颜色的面粉条,如果他盖上箱子,我可以看见他放在箱面上的木梳、剪刀和竹签。

那时候，我是一定要买一个面粉人的。最初的一次，我买的是公鸡，因为他最先做的是公鸡。我知道他做了公鸡之后一定还会做别的七彩人物，比如猪八戒、沙悟净、孙悟空、唐三藏，或者哪吒、关公和孔明。我应该耐心地等一阵，我应该买一个哪吒：手环金刚圈，足踏风火轮。但我不知道为什么看见了公鸡就买下了公鸡。

做公鸡容易也最快，他不过从木头箱子里剥了一片白面团，然后一左一右加贴一橛红面团和青面团，那么放在掌心一搓，就搓成个橄榄形的螺旋纹面粉条子，看起来，活活就是理发店的三色柱。他把面条对折，尖的那一端是鸡尾，肥胖的这一端捏了两捏，做出了一个鸡。两团黑圆点子是眼睛，两团红扁点子是鸡，还有两片红粉团子是翅膀，插在竹枝上。我买的公鸡是那样做成的。

我以前也看见过别的人做面粉人，也买过威风凛凛的赵子龙，背上插着彩花大旗，摆的是一个舞台上喝一声"呔"的架式。面粉人并不能存放一段长日子，这是最可惜的事。无论多细致的面粉人，过了几天，就像石膏人一般，硬化了，而且，满身一个一个蚀凹洞，然后一碰就碎裂起来，总是叫人难过。但我买的一只公鸡却保存了甚久，我拔下竹枝，把它放在小碟子里，过了几个星期，它竟仍好端端地坐在那里。

那时候，乙说要做一连串的资料搜集，是关于民艺的，我说：那就不要漏掉面粉人了。我这样说，当然是因为面粉公鸡的印象一直刻在我的脑子里的缘故。乙不知道捏面粉人的人在哪里，我就带他到我的屋后市集小小的角落。我并不肯定他一定来，我说，我可不清楚，我不能肯定，因为他并不常常来。他真的不常常来，所以乙和我在市集守候了好几个早晨。

他终于又出现了，因为天气热，先在木架子上绑了一把伞子,然后才捏面粉人。他仍是先做公鸡,做了公鸡做鸭子,做了鸭子做金鱼,做了金鱼做鹦鹉,做了鹦鹉,捏起一个透明的面团,搓圆了,用竹签开脸。要用竹签开脸的面团,就是做面粉人了。单看那面粉脸,可猜不中他要做的是什么角色,到做好了,一看,才知道是个年轻的姑娘,穿条白色的百褶裙,撑把蓝白花阳伞,裙子和花伞都是纸折的,乙说:这样子不大好。

乙说:这样子不大好。我倒觉得没有什么,另有一番趣味的。看起来,纸折的裙子好像轻盈些,很风凉的一种感觉。就说那个沙悟净好了,他可是挑着一担行李,挑担的两端,是两条细线,吊着两个火柴盒子。是因为细线的柔弱吧,行李才有点晃荡荡的样子。我从不反对火柴盒子,我小时候常常用火柴盒子做沙发椅和梳妆台那些小家具作游戏。但是乙说:要整个都是面粉捏的才好。

乙一面看一面问许多的问题,乙说过要搜集资料。乙的问题有一些也是我很想知道的,因为我一看见面粉人的时候常常也想自己就做几个面粉人。乙的问题里面有：面粉人的面粉是怎么样的面粉呢？面粉为什么是彩色的呢？学做面粉人要学多久才会呢？做面粉人要用些什么工具呢？最初是怎么做起面粉人来的呢？

他真是一个好脾气的人。他常常笑，小孩子来买面粉人时他笑，做妈妈的拖着小小孩来时他也对小小孩笑。小小孩把面粉孙悟空放在嘴巴里，咬下一个鼻子吃，做妈妈的着急了，说：哎呀、哎呀，怎么可以吃呀，怎么可以吃呀。把小小孩吓得傻了眼。他就笑了，他说：不要怕，我做的面粉人都可以吃。

他说：面团都是蒸熟了的，颜色也是食品颜料，就像一个糕饼一样，而且甜，因为面粉里加了糖。味道还不错，你就试试看吧。但乙没有试试看，我想试试看，又觉得自己这么大的一个人，在街上舐一个面粉人吃，很是难为情。还有，好好的一个哪吒，把手吃掉了，不可惜吗。那手做得真好，透明的浅粉红面团，水晶一般，却是润嫩的，一只一只手指全清清楚楚,好像不是面粉手指,是真的人的手指。

他又捏另外一个假面粉人。他说,捏一个"刘海戏金蟾"吧,就捏了起来。脸也有许多的样子,当然,关公的脸就是大红的,关公和孔明都有长胡子,他们的眉毛也都是倒八字眉。赵子龙的前额平平滑滑,关云长就有几条直纹路。孙悟空的下巴又阔又厚,侧看像一尾鱼,猪八戒的鼻子最宽大,鼻孔朝天。刘海的脸是一张顽皮脸,眼睛斜抹着,黑珠子都走向一个方向,刘海的舌头舐着嘴唇的边边。

乙的家我上去过,他是一个挺喜爱民艺的人,只要到他家里去看看就可以明白他是那样的一个人。他家里的民艺玩意儿才多哪,好像一间小店铺似的,什么的材料,什么的式样都有。纸的有纸鸢、剪纸、年画;布的有布老虎、兔毛框框狮子头娃娃鞋、梳辫子小小人针包、古代美女;泥的有泥人、无锡阿福、陶猪、金鱼缸小泥塔、小桥小茅房;

木的有木水勺、木饼模、木鱼、黄杨木小梳。其他的竹呀、瓷呀、漆雕呀、景泰蓝呀，全有，还有画着公鸡的碗和画着鲤鱼的碟子。

他说：现在有很多人都不知道什么叫做"刘海戏金蟾"了。于是他就说说刘海，又说说金蟾。那个刘海呀，原来叫做刘海蟾，是个邋里邋遢的人物，不过，后来做了出家人，叫李铁拐点化了修行的，随身带着一只三脚金蟾。一面说，手却没有停，捏着刘海的模样，是个束发戴金箍的傻顽童僧人，像和合二仙的样子。

乙说：啊啊，有一回，金蟾逃走了，是不是？金蟾逃走了，跳进了古井里，是不是？刘海就只好去把金赡从水里诱钓出来了。大家都认为"刘海戏金蟾"是吉祥的意头，是不是？因为"金蟾"就是"金钱"，是不是？我却是觉得刘海的金蟾可特别了，不知道为什么会是一只只有三只脚的金蟾，这里头不知道又有没有故事。

他做的刘海穿了一条红裤子，衣裳的下摆做了放射状的花彩，腰间系了双股的鹅黄色腰带，结了蝴蝶结。刘海的颈上，有荷叶边的衣领，好像人家捏水饺上的边边那样。刘海的姿势是：踢高了一只脚，有一点点金鸡独立的样子，两只手一高一低，高的伸拳过头，低的垂在胸前，握着一条弯曲的长条子铜弹簧。

金蟾可是碧绿色，有三只脚，蹲踞在井中央，嘴上有两条触须。井水边是交叉型的草叶和花朵，每一朵花都是薄面片，用牛角签那么斜斜地刮三四次，就有了锯齿的边缘。钓金蟾的渔线上是红黄面团做的七个扁圆金钱，金蟾咬着渔线，两只大眼睛黑白挺分明。

我年纪很小的时候就学做面粉人了，在我们老家，我们叫它做"江米人"。我的老家在山东，我是因为家穷，才学做"江米人"的，才十五岁，就到处流浪了。因为家穷呀，只好自己到处跑，家里兄弟多，不走也不行。我是跟师父学的，我的师父很能干哪，会捏水浒传人物、三国志人物，我遇过一些捏面粉的人，只会做做麒麟、老虎和花果。他说。

他打开木头箱子给我们看，里面是彩虹那样艳丽的面团，一橛一橛排得整整齐齐，按了这样的一个次序：白、粉红、红、橙、黄、绿、蓝、紫、黑。面团上覆着细白的棉布，好像替睡觉的面团盖被似的。面团不但好看，还散发出一种香气，不是一般的香水、花露水味。是香蕉油味吧，他说。我想，彩虹好像没有黑色的，也没有白色，彩虹也没有香蕉油味。

我说，我老想自己也做做面粉人。那么，就自己做做好了，他说，捏面人的面，有一个比例的办法，是两斤四两的面粉，和十两糯米粉，用水揉和了，一块一块放在开水里煮，煮熟了放凉，凉了以手揉，揉到没有了疙瘩，再掺些糖，两斤糖吧，加几滴香蕉油，分开来一团一团加些食品颜料，就可以捏面粉人了。

乙的脑子大概记不下了,所以拿出笔和纸来匆匆写:两斤四两的面粉、十两糯米粉、两斤糖、香蕉油。沙沙啦啦地,不久就写满了一页白纸。然后就有了新的问题:怎么可以叫面团保持适度的柔软呢?怎样可以易塑又不变形呢?怎样可以久存又不发霉呢?食品的颜料又是到什么地方去可以买得到呢?竹签的来源呢?黏度和色泽怎样恰到好处呢?什么的什么呢?

乙买了七个面粉人,两只手都拿不下了。因为他把架上插的哪吒、沙悟净、赵子龙都买了,结果,我只能买了一个公鸡,公鸡其实也很生动。我想等等看还有什么面粉人捏出来不,箱子里的面团却刚好用完了。那时候,我想,我下一次再来买孙悟空或者关云长好了,我总有机会在市集上看见他,我也不用急,我也不用争。

我后来果然在市集上再看见他,他仍是先做一只公鸡、一只鸭子,我想,那可是一种热身运动。那天,我是自己一个人到市集上去看小摊子逛的,不过,我却意外地碰见了乙，我说：啊啊，真巧，我们今天又可以看捏面粉人了。但乙急冲冲地对我说：不是看过了吗，而且，已经搜集到足够的资料了呀。乙所以显得那么匆忙，是因为他约了一个朋友，要去看看手托木偶，那里面也是充满了民艺的资料的。

那时候，我们正站在市集的角落说话。正说间，忽然所有的摊子都浮动起来，不管是地摊和立摊，卖龙须糖的，还是卖棉花糖的，都朝四周飞散奔跑，我的背脊遭一个木头箱子一撞，一个人影在我身旁掠过去了。乙说：朋友在等我，没时间再谈了。他刚起步，好像滑了一滑，低头仔细看了一眼，却仍快步走了。当我觉得我也像踏着香蕉皮似的时候，低头看看地面，却看见地上躺着好几个面粉人。

我脚下踏着的是一只鹦鹉，嘴巴竟被我踏扁了。我蹲下身来连忙把其他的面粉人和鹦鹉一起捡起来，哪吒不见了一条手臂，因为手臂黏在路面，拔不起来。我几乎认不得赵子龙的样子了,背后彩旗都已折断,本是双眉斜飞入鬓的面貌,一点儿也看不见了,好像刚才乙走的时候一脚正踏在脸上,所以眼睛鼻子都扁斜了。但赵子龙的手和脚仍是好好的,没有遭到损坏,我努力想把脸捏捏好,却一点办法也没有。

真奇怪,我以前买过许多面粉人,不久都碎裂了,但我在市集上那次捡拾的几个断了手足、糊了脸的却久久没有霉坏,只不过干了,色彩仍一直鲜丽。赵子龙本是生龙活虎、身扎彩旗大靠的勇将,我用花纸糊了四面彩旗补给他,至于他的脸,我很抱歉,只能永远由得他模糊一片,眼睛鼻子都歪挤在一起了。

一九八二年七月

肥土镇的故事

最初的时候,肥土镇的名字,并不叫做肥土。有的人说,肥土镇本来的名字,叫做飞土;有的人却说,不是飞土,是浮土。知道这些名称的人,年纪都已经很老很老了,而且,他们所以知道肥土镇名字的来源,还是从他们的祖父,或曾祖父,甚至曾曾祖父那里听来的。比如说,花顺记的夏花艳颜,她就是知道肥土镇镇名来源的其中一个人。夏花艳颜,如今她的头上,已经长满白发了。

花艳颜年纪很小的时候,她的老祖父就这么地对她说过:大花儿哪,肥土镇本来是没有的,许多许多年以前,这地方,还是一片汪洋大海。有一天,附近的渔民一早起来出海打鱼,忽然看见天塌了一角,掉下偌大一块泥土在海上,成为一片陆地,于是哩,我们这个地方就叫做飞土镇了。飞土镇,当然是因为整个市镇的土地都是从空中突然飞来的。

不过,夏花艳颜的祖母,却有另外一个不同的说法,她可是告诉花可久这样的话:小花儿哪,肥土镇嘛,其实是叫做浮土镇。故事是在从前的一个早上,出海打鱼的渔民,忽然看见近岸的地方,从海上冒出了一片青绿的土地。其实,从海上冒出来的土地,哪里是土地,不过是只巨大海龟的背脊罢了。人们看见的一片青绿,只是海龟背上的青苔。所以,老祖母继续说:小花儿哪,现在海龟仍在睡觉,要睡多少年,没有一个人晓得,只要海龟一旦醒来,浮在海面的土地自然又会沉到水底下去了。肥土镇,说得准确一点,应该是浮土镇。

无论什么事情,从祖父的口里和祖母的口里述说出来,永远是两个模样的,这,花艳颜和花可久知道得比什么人都要清楚。就说一只梨子吧,如果祖父说梨子倒甜得很,祖母一定说很酸;若是一锅饭煮好了,祖母说米煮得太硬了点，祖父一定坚持说煮得太软。不管怎样，肥土镇后来终于叫做肥土镇了，既不叫飞土，也不叫浮土，祖父和祖母都没有话好说了。

当夏花艳颜的老祖父和老祖母讲起肥土镇的名字本来是叫做飞土镇或浮土镇时候，夏花艳颜的名字也还没有成为夏花艳颜，她的名字只是花艳颜，花顺记的大大小小则叫她做大花儿，而花可久，是小花儿，她们只是七八岁的小丫头罢了。花艳颜整天在花顺记的楼上替祖父打理他那十三只猫咪的生活起居，照顾它们的饮食，而老祖父，大清早起来，就到楼下铺面的柜台前坐好，的的嗒嗒地打起算盘来，做售卖汽水的生意。

花顺记的铺面，堆满了竹箩、木架、冰箱和汽水瓶，铺面的背后，是制造汽水的工厂，巨大的汽锅炉呀、洗瓶子的大水桶呀、打汽的入瓶机呀，挤得满满的。水装进瓶子的时候，常常要叫气压把玻璃爆破，碎片到处飞散，伤害人体，因此老祖父从来不准花艳颜和花可久这两个小孩儿到楼下来，一定要她们留在楼上。艳颜听从老祖父的话，整日在楼上给老祖父打理猫咪；花可久不喜欢猫，所以，总是跑到屋子外面去，沿着一条曲曲折折的小路，转了一个弯又一个弯，她就可以走到叔叔们的家去玩了。

其实，花可久并不是不喜欢猫儿，她喜欢的可是一只一只完完整整有头有尾的猫。花顺记的猫和别家的猫要不同些，因为老祖父不喜欢猫儿到处跑到处跳，每次收养一只猫，他总是把猫的尾巴砍掉。他是这样做的：把猫抱到厨房里，握紧猫尾巴，按在砧板上，手提菜刀，一刀斩下去，猫尾巴就血淋淋地留在砧板上了，仿佛这是一件斩鸡剁肉的事情。花可久看见过老祖父斩猫尾巴，所以，她看见猫就怕了，看见老祖父就绕路避开了。每次老祖父斩一次猫尾巴，老祖母总要在菩萨面前点一次香，一面不停地喃喃说道：罪过呀罪过呀。

花艳颜也许没有见过老祖父斩猫尾巴，或者她见过，但她可怜那些猫，才对它们特别温柔，把它们一只一只抚养得又胖又丰润。为了保护猫儿，她连平日最害怕的蛇也不怕，真是一个奇迹。那一次，楼上的水缸背后躲着一条蛇，花艳颜当然是不知道的，她掀开水缸盖想打一勺水给猫喝，才看见水缸的背后有什么在蠕动，那是一条黑黝黝的蛇。这一惊才叫花艳颜心寒，但她居然没有把手中抱着的花珠朝水缸一扔，然后拔腿逃走，反而静静地把猫儿都赶到安全的地方，才跑到楼下告诉老祖父说，楼上的水缸边有一条蛇。那条蛇，后来叫一伙人捉住了，老祖母却说，不可以打死它，不可以打死它，结果，用一个布袋装好，让人拿到草地上放生。老祖母还在放蛇的地方插了香烛膜拜，仿佛那蛇是什么神仙似的。

　　花艳颜除了替老祖父照顾他的猫咪外，偶然还要打理一些蝌蚪或蛐蛐，但做这样的工作花不了她许多时间，因为蝌蚪不久就变了青蛙，不知道跳到哪里去了，而蛐蛐，总是活不过一个夏天的。蝌蚪或者蛐蛐，通常是叔叔们送给花艳颜和花可久的小玩意儿。花艳颜和花可久一共有两个叔叔，她们才不知道他们的名字，只知道这两个叔叔，仿佛就是一个叔叔似的，不但样貌一般，连生活习惯也相像，无论做什么事，到什么地方，总是两个人一起。花家的人叫他们做花一和花二，至于谁是花一，谁是花二，也只有他们自己才分别得出来。叔叔们几乎从来不上花艳颜这边的家来，老祖父一天到晚忙得不得了，但叔叔们都不来帮忙，他们住在离花顺记稍远的郊外，住在一间很大很大的古老屋子里，门外是一片更大更阔的烂泥地，下雨的时候，到处成为沼泽，晴天的日子，则尘土飞扬。叔叔们可以一年三百六十五天躲在屋子里不出门，下雨和天晴都和他们无关，因此，他们从不打伞，也不戴帽子。过节的时候，老祖父派个伙计去三催四请，说一定要他们过来吃饭，他们才慢吞吞地步出家门，沿途上问了一些人家，才找到花顺记的大门口。不过，在路上，他们倒记得要带点什么小玩意儿给花艳颜和花可久：街头巷尾买两个风车呀、小担挑上选两尾金鱼呀，如果碰上天暖的夏天，他们忽然到花顺记来了，就在河里捉几个蝌蚪，到树丛间捕一把蝉。上一次，碰巧遇上一个卖蛐蛐的，就买了两个蛐蛐，分别盛在竹篾编的馒头笼子里。

花一花二整年整月待在自己的大屋子里，他们一直忙些什么，花艳颜可不知道，即使是常常到叔叔们家去的花可久也不知道。有一次，是过年吧，叔叔们带了花艳颜和花可久上他们的家，两个小女孩只看见满屋子都是瓶子，那些瓶子，几乎和花顺记的汽水瓶一般多，也都是盛载起五颜六色的水,只不过没有汽,也不能喝。花顺记铺子前面才车水马龙哪,什么三轮车、脚踏车、手推车、老虎车、滑板子,各式各样运送汽水的交通工具都有,人来人往,轮子的吱吱咯咯声,瓶子的哐哐啷啷声,木屐的拖拖拉拉声,还有铜板的轻晃,算盘子沉实的碰撞,谁说不热闹呢。可是叔叔们那边却冷冷清清,大门永远是关上的,方圆一里半里路之内,一个人影也没有,只有鸟儿从这边飞到那边,带着一个灰麻影子掠过烂泥地。

　　花可久在叔叔家常常喝的只是白开水,她起初以为叔叔家那么多瓶子,一定也是装满了汽水,可以让她喝一个畅快,可是叔叔们说:小花儿,叔叔这里没有汽水,如果你想喝水,到这边来。叔叔们结果给花可久喝的只是一杯白开水,他们连茶也没有。那么,叔叔们屋子里那么多的瓶子和彩色水,又是些什么呢?花可久可不晓得了,她只看见叔叔们把红颜色的水从一个瓶子倒进另一个瓶子,又把绿颜色的水倒进不同的瓶子,奇怪的是,红颜色的水流进了另外一个瓶子会变成紫色,而绿颜色的水流进了不同瓶子又会变成黄色,好像那是魔术,而这,就是叔叔家和花顺记不同的地方。

只有花可久喜欢到叔叔家去玩。当老祖父到铺子前面的柜台那边去坐着了,老祖母到对面糕饼店去聊一阵天了,伙计们开动了摩打制造汽水了,杂工忙着洗瓶子了,姑姑们坐在一个角落糊招牌纸了,花艳颜替老祖父喂猫咪了,于是,花可久就到叔叔家去玩了。她并不是真的要到叔叔的家里去,有时候,她也去敲敲大屋子的门一面叫嚷:叔叔开门,叔叔开门,小花儿来了。通常,她不过留在叔叔们的屋子外面,在烂泥地的附近走来走去,看看蚂蚁沿着一棵树爬上树梢,或者就看看一条沟渠,黑颜色的污水骨碌骨碌地流,偶然有一只蛤蟆跳出来。

叔叔家的大屋外面,四周本来是一片荒地。后来,荒地的一个角落,出现了一些废物,也不知道是什么人开始的,接着就成了一种习惯,许多人都把他们的废物扔到这个地方来,于是,废物愈堆愈多,渐渐地隆成一个小山丘,而且不断地扩张,形成一个面积甚大的废物池塘。把废物扔到荒地来的人们,似乎也有一个定数,从来不把什么鱼骨头、菜渣、吃剩的肉饼遗弃在这里,他们只把家中体积比较巨大的废物扔出来,而且是静悄悄地,在夜里吧,没有人看见的时候。所以,到了天亮,荒地的一个角落忽然又会多了一两件巨大的废物,仿佛它们都是自己在半夜里生了脚从镇上的人家跑过来的。

废物里面,最多的就是家具和日常用的杂物,比如漏水的脸盆和漱口盅、不能好好地站立的桌子和椅子、打碎了的镜子、折了骨的伞、脚踏车上挂了彩的坐垫和虫蛀的衣橱等等。物体的品类愈聚愈多,偶然也有人到这里来,捡拾一个缺口的水缸回去种花,或者捆一束木板回去当柴烧。至于没有人要的东西,经过日晒雨淋,剥落的剥落了,瓦解的瓦解了,随着时日的过度,竟也裂成细片,甚至变成碎末,终于化为灰尘。它们瓦解得特别快,叫人感到十分惊异,也许正是因为这个缘故,镇上的人才认为这正是弃置废物最适当的地方。

花可久对这废物的池塘充满了好奇,这里真是一个奇异的天地呢,她喜欢走到这里来,看看最近又多了些什么废物。一个没有了指针的小钟吗?还是一支漏墨水的钢笔？所有的废物都可叫花可久细细看半天。偶然，她也拾一两件回家去玩玩，比如一个不能关上小门的鸟笼，一盏不再转动的走马灯。她把这些玩具带回家去，老祖母也没有说什么反对的话，因为过了不久，它们就会消失了，花可久也把它们忘记了。

叔叔们都知道花可久喜欢待在废物堆前面，他们告诉她别走到废物堆里面去，也不要逛得太远，只在小路边站站就可以了，因为废物堆的尽头，也许会有百足和毒蛇。花可久并不怕百足和蛇，但她知道，废物堆的另一边常年都湿漉漉，泥土很松，一脚踏下去，鞋子也不见了，膝头也会给陷在烂泥里，走路也走不起来。是因为这个缘故，花可久才没有走到废物堆的远处，况且，那边的废物都有一种奇特的现象，所有的东西，轻轻一触，几乎都会崩溃下来，碎成一场暴雨。

花可久并不常常探望叔叔们，她只知道叔叔们正在不停地把颜色的水倒来倒去，转换不同的瓶子。当他们工作的时候，屋子里的一个窗子外面，忽然就会飞溅一片水花，从窗内冒出一阵雾霭似的烟花，那是叔叔们把水从窗内倒出来了。叔叔们常常是这样的,一面把瓶子的水换来换去,看了一阵,把不要的水顺手一挥,整瓶子的水就从窗口飞出来了。也是这个缘故,叔叔家的屋子外,偌大的一片干旱荒地,才变成了烂泥地,而且尘沙渐渐稀少起来。烂泥地的一边,是一条小小的沟渠,把泥地里满溢的水汇集运送,流向肥土镇外的大海。

叔叔们从窗口泼出来的水,有时候是一片紫色,有时候是一片蓝色,辉耀在阳光底下,闪起银光,像这样的景色,只有花可久一个人看得见。而花可久,站在废物堆的前面,站在沟渠的旁边,等呀等,常常只是为了想看看叔叔们把彩色的水从窗内泼出来。她会自个儿想:该泼出来了吧,是哪一个窗子呢,是楼上左边的第一个窗子,还是右边的第二个窗子?而水的颜色,这次该是绿色,还是橘子色?这样子,花可久很快就度过她快乐而无忧无虑的下午了。

当花可久回到家里,天色已经暗下来,花顺记一日的工作也暂时停歇,老祖父回到楼上来看看他宠爱的猫儿。这时候,楼上总是只有花艳颜和猫咪在一起,她那么静静地坐着,柔寂而幽娴,仿佛她也是一只猫似的。老祖父总是问:大花儿,我的猫儿今天怎样了?花艳颜总是答:很好,都听话。于是,老祖父看看楼梯转角的地板:一字儿排开了十三只干干净净的陶猫碗,里面整整齐齐地刚放下一条条有头有尾的鱼;另外又有十三只陶水钵,盛满了不带一丝灰尘的清水。花珠是一头喜欢吃纸的猫,花艳颜一直记得把所有的纸藏起来,免得它吃了呕吐。老祖父点点头,抱着三五只猫,一起坐在摇椅上。坐在摇椅上的时候,也就是花艳颜和老祖父聊天的时候。

"汽水为什么是甜的呢?"

"那是因为糖精的缘故。"

"汽水为什么是彩色的呢?"

"那是因为香料的缘故。"

"汽水为什么是有汽的呢?"

"那是因为碳化了的缘故。"

"爷爷为什么会开汽水铺子的呢?"

"那是因为从前开汽水铺子的人把铺子留下了给我的缘故。"

"是一个蓝眼睛的人是不是？眼睛为什么会是蓝色的呢？"

"那是因为他是外国人的缘故。"

"那个人为什么把汽水铺子留下给我们了呢？"

"那是因为他要回家去了的缘故。"

"为什么好好的忽然要回家去了呢？"

"那是因为他的国家要打仗了的缘故。"

"为什么国家打仗，他就要回去了呢？"

"那是因为要回去服兵役的缘故。"

"什么叫做服兵役呢？"

"就是去打仗了。"

"什么叫做打仗呢？"

老祖父和花艳颜在楼上聊天的时候，花可久回家来了，花顺记的铺面已经封上了排板，剩下一个窄窄的入口，等待沐浴的那些制造汽水的伙计们在门口乘凉。花可久拐一个弯，转到巷子的后门去，经过种了许多花草的院子和养了一缸金鱼的长廊，就是给煤烟熏得黑黑的厨房。老祖母悄悄点燃她的香枝，又要到菩萨面前去呢喃一些什么。花可久握着野花踏着高跷回来了,她的高跷,是两截片字形的凳脚,她踩在上面,一脚高一脚低地走来。花可久把她的新玩具靠在屋后的门边,才走进家门。到了明天,她从家里出来,她的新玩具一定会无影无踪的,这,花可久也不觉得可惜,认为一切事物的结局,大概也必定如此,而且是无声无息的。

老祖母总是说:小花儿,又到叔叔他们那里去了吗,他们可好?快来洗洗手、洗洗脸。于是她放下手中袅袅冒烟的香枝,到水缸边去打一勺水,倒在搪瓷的脸盆里,握着花可久的手朝水里一浸,涂上洗衣服的肥皂,吱吱咕咕地把小女孩的手臂搓洗一阵,仿佛那是两条滑溜溜的鱼一般。老祖母把饭菜搁在方凳上,让花可久坐在小矮凳上吃,自己坐在板凳上看着,这时候,也就是花可久和老祖母聊一阵天的时候了。

"你又到叔叔家里去过了?"

"叔叔给我喝白开水。"

"他们那里没有汽水。"

"他们为什么不做汽水?"

"他们不喜欢做汽水。"

"那么他们每天做什么?"

"他们说:做研究。"

"什么叫做——做研究?"

"我也不懂。"

"也是满屋子一个一个瓶子。"

"不过不是用来装汽水。"

"也是许多不同的颜色。"

"不过不可以喝。"

"做了许多年了是不是?"

"他们回来之后就做了。"

"从哪里回来呢?"

"从船上回来。"

"坐船到哪里去?"

"船到哪里去,他们就到哪里去。"

"他们也是船吗?"

"他们是船上的水手。"

老祖母说,离开家乡的人回来之后常常就和以前不一样了。比如叔叔们，没有做水手以前，喜欢钓鱼，一天到晚坐在海边钓鱼，可是，做过水手回来，鱼不钓了，却躲在屋子里"做研究"，也不知道他们的船到过什么地方，遇见过什么人，总之，就和以前不同了。他们自己从来不说，问他们问题，他们也不答，常常有些大盒子从一个不知什么地方寄来，写的还是外国字，盒子里有时候是一些厚厚的书，有时候就是满满的瓶子。老祖母说，叔叔们变成这样子，还算是好的啦，那时候，老祖父的一个兄弟，到别的地方去做生意，不知得罪了什么人，做了些什么事，竟有一天，花家大门口忽然出现了一个木箱，写上了老祖父的名字，打开来一看，里面原来是他的兄弟，整个人给斩碎成七八块，不知如何运了回来。唉唉，所以我说哪，斩那些猫儿的尾巴干什么哩。老祖母说到这里就叹起气来，花可久饭也吃不下去了。

　　猫尾巴的事和老祖父兄弟的事，花可久不久也就忘记了。日子一天一天平静地过去，直到一个晴朗的早晨，花顺记的门口循例挤满了喝汽水的和前来批发汽水的过路人、商人和小贩，楼上的猫儿都在窗台上伸懒腰、晒太阳，花可久又到叔叔们的大屋子那边去玩耍了。她坐在一张理发师的独脚圆凳上，抬头看着飞鸟努力飞过烂泥地，她也看看今天的废物堆是高了些还是低了些，然后，她就坐在那儿等，等叔叔把颜色的水从窗口泼出来。

叔叔们从窗口泼出来的水，在阳光底下特别好看，不纯粹是蓝色紫色，而是金色银色的，不过，水落在烂泥地里，一切的颜色都不见了，然后，水流进沟里，变成一片黑色的污水，连螃蟹躲在那里面也看不见。那么七彩缤纷的水，本来是挺好看的，烂泥地却是一只吞下所有颜色的大蛤蟆。不，烂泥地好像没有把所有的颜色都吞掉，花可久不是看见这里一点那里一点翠绿的颜色吗？花可久擦擦眼睛，这是她一直想不到的事情，在她面前，就在烂泥地里，她看见了数也数不尽的芽，细小的叶子遍长在烂泥地的气孔里。黑黝黝而且荒芜的烂泥地，忽然变成一幅缀满碧绿草叶的地毯。

"叔叔、叔叔，我是小花儿，你们打开窗子看看呵。"花可久跑到叔叔的大屋子楼下大声喊叫，像以往一般，叔叔们通常是听不到的，他们总是在楼上忙碌地工作，而且，花可久的叫声,有一大半都给风掠走了。花可久喊了一阵,不得不用以前时常用的方法来惊动她的叔叔们。首先,她朝叔叔家的墙扔石块或者木头,有时候,她扔锅子,不过这却要看废物堆有些什么材料而定,那完全是即兴的。一般上说,锅子和铁罐要比木头和石头的效果好,因为它们发出来的声响够喧闹。此外,花可久会把竹竿接竹竿,顶着一个破箩或鸡毛帚什么的可以摇晃而且蓬松的事物,就这样子,花可久像耍杂技一般,撑着一柱旗杆也似的幡帜,绕着叔叔家的大屋子走,在每一个楼上的窗子前停停晃晃,谁知道叔叔们到底站在楼上哪一个窗口的附近呢?

叔叔们终于得到了花可久的消息了。花可久虽然常常在他们的屋子外面玩耍,但并不一定到屋子里面来,偶然他们会朝窗外看看,见到了花可久,就朝她挥挥手,如果忘记了,也就忘记了。不过,只要花可久朝他们嚷,他们结果总是知道的,于是,他们就从随便哪个窗口,垂下一把长长的梯子,让花可久攀上来,爬进他们的家,事实上,他们已经不习惯到楼下去开门了。花顺记的伙计每次送食物或其他的东西上他们家去时,他们俩也只从窗口垂下一个篮子来吊上去了事的。

"叔叔,叔叔,我是小花儿,你们打开窗子看看呵。"其实叔叔家的窗子一直是打开的,有些窗子没有打开,但也和打开了没有多大分别,因为窗上的玻璃早已一块也没有了。花可久在楼下等了一阵,终于看见一把梯子从楼上的一个窗口缓缓地垂下来,楼房不高,所以梯子也不长。但花可久并不想爬上去,她又不想到叔叔的家去,于是她仍旧喊:叔叔,叔叔,你们打开窗子看看呵。不知道是她的声音终于生了效,还是叔叔们等了半天,没见人从窗口爬上来,才把头从窗口伸出来。

"你们看。"

"你们看。"

花可久指着烂泥地。楼上的窗口出现了一个头,过了一会儿,又出现了另外一个头,这两个头在窗前停留了从来不曾有过的长时间,然后,两个头都不见了。忽然,大屋子的门苦涩地打开了,吐出两个人来。叔叔们到屋子外面来了,他们走到烂泥地前面站着,蹲下身子仔细看,然后站起来走几步,再蹲下来,就是这样不断地走几步,蹲下来,蹲下来,走几步,一直到最后,两个人斗鸡也似的你看看我,我看看你。

"可没想到。"花一说。

"那么荒芜的烂泥地。"花二说。

"你播了种子吗?"花一问。

"没有。"花二说。

"谁播的种子?"花一问。

"飞鸟。"花二说。

"不知道会长些什么出来?"花一说。

"不久就会知道了。"花二说。

叔叔说的不久,其实也是很久的,因为花可久每天都到那片烂泥地去,看着着绿色的叶子一天一天茁长,忽然,整片烂泥地全是绿色的了,而且叶子又密又厚,仿佛一座小树林。烂泥地长出了叶子来的事,花可久并没有对人说,也没有对老祖母说,只在吃饭的时候心里惦记着它,睡觉时做梦也梦着它。每天一早,她就跑到烂泥地去看,叶子是不是又多了,高了。叔叔们大概比花可久还要兴奋,因为花可久每天走到烂泥地去的时候,叔叔们已经站在大屋子的门口了,他们仔细地拿着尺把叶子量了又量,又把草儿放在嘴里嚼,好像自己是牛似的。叔叔们做了很多事,却没有再说话,花可久就和叔叔在一起,看着烂泥地里的植物不断地长大。

烂泥地里的植物,是一点一点地长大的,起初,它们长得比花可久高了一些,过了一阵,就长得比叔叔们高了,有一棵也不知是什么的攀爬植物,沿着叔叔大屋子的墙,一直爬上天台。终于,花朵也渐渐开放了,烂泥地里原来长满了种种不同的植物,既有鸡冠花、洋葵、海棠、彩叶草,还有番茄和辣椒。不同的植物伸展不同的叶子,各样的花又展示了各样的姿态和颜色,烂泥地再不是以前黑黝黝难看的样子。前来扔废物的人和捡废物的人、路过的人和看风景的人,都知道烂泥地改变了原来的面目,而且在小镇上传开了。

烂泥地的新闻传开了的主要原因,并不仅仅是因为在这荒芜的地方长出了花草和蔬果,而是在这个地方长出来的植物,竟然要比其他地方的来得茂盛和肥硕。普普通通的一朵鸡冠花罢了，本来不过是饭碗口径那么大小的花朵，可是，在烂泥地长出来的却像新嫁娘头上的凤冠。至于灯笼辣椒，真的就有一个灯笼那么大。番茄大得像葫芦瓜，而花可久，和叔叔们一起拔过一个萝卜，竟然大得像枕头。所有的人都到烂泥地来瞧热闹了，他们果然看见了一朵荷花，好像水缸那么大，至于荷叶，刚好可以摘下来铺在一张圆桌子上，围八个人一起吃饭。

来看烂泥地风景的人愈来愈多了，人们到烂泥地来的时候，偶然会看见花一和花二两个人站在大屋子的附近，后来人多起来了，他俩又重回屋子里去，大门又像以前那样，从此紧紧地闭着。不过，人们总可以看见一个七八岁的小女孩，手舞足蹈地在花草间走来走去，快乐得像一尾游泳的鱼。

我是多么地快乐呀，因为那个七八岁的小女孩就是我。我的名字叫花可久。我就是第一个看见烂泥地长出了青绿叶子来的人。到烂泥地的人常常要问我：起先是怎样的？叔叔们是怎样的？这又是怎样的、那又是怎样的？我就说：起先就是一片黑黝黝的烂泥地，一边是废物堆，一边是污水的沟渠;叔叔们住在大屋子里,大屋子一共有一百个窗口,每天,叔叔们把不同颜色的水从窗口泼出来,好像金星和银星……

烂泥地变成看风景的地方之后,我竟失去这个游玩的地方了,因为游人愈来愈多,而最后,烂泥地的四周,围起了栏杆,栏杆一角,还挂了"花氏花园"的铁牌。自从烂泥地变成了"花氏花园",我就不再到那里去玩了。而"花氏花园"正式落成的日子,也就是人们把我们这个地方称做肥土镇的时候。

人们到烂泥地来看植物,除了看,当然还会想及长出奇异花果来的泥土。有的人掘了一些泥土带回去,栽上了盆栽,结果,发现烂泥地的泥土非常肥沃,无论种什么东西,都长得出奇的茂盛鲜艳。于是他们说:这是肥沃泥土,是罕见的肥土。肥土、肥土、肥土的名字忽然像猛烈的山火一般燃烧起来。为了得到一些泥土,人们排着队,带了小盆子、小布袋、泥钵、水桶,都来掘一些泥回去,于是,正在打算盘的花艳颜的老祖父,眼睛直直地对着一个汽水瓶子呆了半天,抛下一管毛笔,也跑到烂泥地去了。过了三天,烂泥地的四周,围起了栏杆,而且在栏杆的一角钉起了一个铁牌,上面写着"花氏花园"四个字,另外又有些"闲人免进"、"提防恶犬"等等的标贴。

花顺记的一名杂工,如今荣升为"花氏花园"的守园管理,坐在"花氏花园"园门口的一座木亭里,手中常常握着一管长步枪,颈项上垂着一个望远镜,脚下伏着一头猎犬。花一花二住的古老大屋子,也成了游人口中的"花氏别墅",至于花一花二,人们反而看不见他们,他们一直躲在屋子里。屋子的窗子全部经过重新的修理,每一片玻璃都闪闪亮。因为破窗子全部都装上了玻璃,花一花二仍然照旧随手那么一泼,却把颜色的水都泼在玻璃上。

椰菜花长得像一个个脸盆,叶子像一把把芭蕉扇,荷的莲蓬像一顶顶阳伞,莲子像一颗颗红枣,所有的人都跑来看了。这里面,当然包括了当地的镇长和大大小小官守议员、民选议员,以及各区警员、消防员、中小学教员、百货商店的售货员和公众泳池的救生员。除了他们,还有各行各业的人:厨师、小偷、鞋匠、清道夫、家庭主妇和流浪汉。最重要的当然还数考古学家、地质学家、物理博士、生物学高级讲师,另有天文台台长和渔农署署长等等。他们参观了以后,少不了开了一些研讨会,又成立了特别小组来研究。

不过是半年的时间,烂泥地一带已被当地人列为旅游重点,所有的游客被带到这里来。当旅游车抵达"花氏花园"一里之外,游客纷纷下车,站在一个小山丘上,对栏杆内的花朵远远眺望,免不了对这个地方拍了许多照。透过旅游协会的安排,"花氏别墅"每天下午有两场特别节目娱众,一项是在大楼的几十个窗口,雇佣了一批工作人员,把五颜六色的水从窗口泼出来,另外一项则是在大楼的天台上放各种的动物纸鸢,驱逐过往的飞鸟。

渐渐的,"花氏花园"的泥土,成为举世知名的珍品了,旅游的人没有一个不买一小袋泥土回国去的,这些泥土,只要用来种花,花朵就会长得特别鲜艳,而且要比原来的大上两倍。到了这个时候,花顺记已经不是一间汽水工厂这么简单了,除了原来的汽水铺面外,花顺记的店铺楼房扩充了将近十倍。招牌也换为"花氏肥土公司",

满满的货仓里面，从地上一直到天花板，都是一小袋一小袋的烂泥。

小镇因为花氏肥土而勃兴了无烟工业，全镇各处积极兴建酒店和游乐场所。饮食业、交通事业和手工艺品，无不欣欣向荣。所以，这年的镇庆，在嘉年华会上，镇长特别颁了两个勋章给花一花二，并且把小镇的名字正式确定为肥土镇。从此，肥土镇原来叫什么名字，渐渐地被人遗忘了，而且成为传说。

花一花二并没去接什么勋章，他们一步也不离开家门，仍然躲在大屋里面，把五颜六色的水从一个瓶子倒进另一个瓶子，站在大屋子窗前表演泼水的雇工，常常可以听到他们自言自语地说着他们才知道的一些话。

"只要把细菌放在里面。"

"加上高热。"

"把废物也放在里面。"

"细菌会把废物堆里的有机体化解。"

"侵蚀得一干二净。"

"成为异常清洁的废物。"

"磨成细碎的粉末。"

"回归大地。"

"成为肥料。"

"比焚化还要迅速。"

"绝对没有浓烟。"

"空气不受污染。"

站在"花氏别墅"大楼里表演泼水的雇工,根本不知道花一花二们在说些什么,他们也分辨不出,到底说话的人哪一个是花一,哪一个是花二;不过,当他们工作的时候,他们微微地感觉到,整座屋子好像有些什么地方和别的屋子不一样,但有什么不同,他们却又说不出来。他们每天准时回大楼去做他们枯燥而机械的工作,他们的确觉得,这房子有些什么地方发生了一些事情,可是究竟是什么事情,他们却是不明白。

研究花氏肥土的专家们,研究了许多日子还没有结果,不知道一块普普通通的烂泥地为什么会长出奇异的花果来,不过,他们却发现了另一点特征,烂泥不但能令花果长大一至两倍,本身还有一种自动膨胀的倾向,这就使他们更感到惊异了。有的人说:这是一种烂泥的癌症,因为烂泥的细胞会不规律地繁殖。比较乐观的人却持另一个看法,他们说,这是神迹,烂泥地是天生的聚宝盆,而这,神话里面早就有过记载。

不管研究肥土的人怎么说,肥土镇变成了一个多么繁荣的市镇呀,这是肥土镇的人做梦也没想到过的。肥土镇本来并没有什么农业出品可以运销到外地去,可是现在,肥土就是肥土镇最大的外销,像米和面粉,一袋一袋用锡纸包好,封了口,就一货柜一货柜地运到外地去了。肥土镇的泥土,不仅仅是"花氏花园"的才肥沃,连"花氏花园"附近一些地方,掘出来的泥土也收同样的效果,使无论什么植物都长得茂盛蓬勃。于是,各地的妇女会、兰花会、农场和私家农圃,订单源源而来;同时,肥土镇的商店也在推售他们的新产品,比如花盆就有圆的、方的、五角形的、六角形的或双层的,既有陶土的、发泡胶的,也有玻璃的、瓦通纸的、木的、竹的等等,只要一盖上肥土镇的出品字样,就畅销了起来,仿佛连任何肥土镇的花盆,一经采用,也能种出理想的植物来。

除了花盆，肥土镇当然出产了吊索的绳网，可以把花盆和植物悬吊空中，又有各类绣花编织的盆垫，用来美化居室的环境，连肥土镇的塑胶花篮也因此生意兴隆不已。至于种子批发行，就更加发达了，不管名贵的花种还是普遍得不得了的种子，都迅速地售得一干二净，连什么苦瓜、丝瓜、青豆、葡萄等等种子，也出现了供不应求的现象。于是，肥土镇的人们火速到邻城去搜罗，运回来后重新包装，换上肥土镇的标志，也被抢购一空。

从没有人见过肥土镇如此热闹的情形，整个市镇，到处都建造新楼房，建筑地盘上冒起无声打桩机吱吱的白雾，人们像蚂蚁一般站在钢铁的支架上，晚上的工地上也是一片灯火辉煌。大街上，五步一天桥十步一架空行人道，到处是连绵的商场连接商场，里面既有饭店、电影院、画廊和博物馆，也有商店、溜冰场、快餐店和室内剧场，而在郊外，更有游艇会、乡村俱乐部和赛马场等等的去处。谁要找一份工作吗？工作多得是，车子多了，需要更多的司机；酒店兴建了，需要更多的管理人员；商店需要售货员、银行需要警卫、大厦需要更夫。到了暑假，学生们纷纷到快餐店去做散工,赚了钱便请朋友们吃自助餐,给自己买更漂亮的运动鞋。

花艳颜的老祖母,每次见到了铁皮的香烟盒子总要仔细收起来,里面放一些香粉,埋几枚绣花针。但花顺记烧饭阿二的一个孩子,在街上总是喜欢踩那些饼干罐,他常常握着一个好看的纸杯和一支洁白的吸管,经过废物箱的时候,随手一扔,就扔掉了。有一天,老祖母对花艳颜说:大花儿,把那只漆皮的皮鞋拿到补鞋伯伯那里补一补吧。洗衣服的春花说:谁还给你补鞋呀,因为没生意,补鞋的阿王如今在汽车公司做事,专门替旅游车修理车轮。

老祖母是不知道的,"花氏花园"如今已经不再是烂泥地,所以,那里的废物都消逝了,可是肥土镇的废物并没有失踪,它们不过移换了位置。从前,人们把废物扔在烂泥地的一个角落,如今,他们把它们扔到海滨的垃圾站;而废物的内容,也有了显著的改变,什么木桌子、折骨伞、铁脚缝纫机都不见了,如今的废物是雪茄烟盒子、不能自动融雪的冰箱、陈旧的沙发、坏了一个弹簧的床垫、假发和歪了跟的高跟鞋……

小镇上的人们是多么的愉快呀，大家一杯一杯酒地喝下去；空闲的时候，人们想出种种名堂来开餐舞会，女孩子们穿得公主一般地漂亮，曳地的丝绒长裙，镶满了玛瑙和珍珠，穿在脚上的，是真正的透明玻璃鞋。某次肥土镇镇庆的晚会上，肥土镇小姐头上插了一朵香绣球，为了使这朵花一直保持新鲜，肥土镇小姐梳了个特别的发型，把盛满了水的杯子埋在发髻里，然后把花朵插在发上。肥土镇的水，说也奇怪，竟像肥土镇的泥土一般，能让花朵继续生长、开花，那朵香绣球，就在舞会中不断盛放，而且愈长愈大，仿佛肥土镇小姐的头上顶了一个大花篮。直到舞会结束，那朵花茁长得密密麻麻，使肥土镇小姐出不了会场的大门，只好把花瓣一片一片摘下来，送给与会的贵妇，她们握着花瓣，竟像是握着羽毛的扇子。

花可久如今不到叔叔家的大屋子去了，那里既围上了栏杆，又没有废物堆，一路上又都是喧嚷的车辆。花可久也不喜欢待在花顺记的楼上，和花艳颜一起照顾老祖父的猫,现在她常去的地方,是花顺记的天台,这是一处没有什么人迹的所在。不知道是什么人,搭过一个花棚,顶上铺了稻草,可以遮挡猛烈的太阳,花棚之外,倒也随意四散了几盆青绿的植物,其中有一盆,是花可久种的葱,葱头是从厨房烧火阿二那里拿来的。花可久并不打算种植什么,只不过她以前从烂泥地捡拾过一个有花纹的好看的碗回来,碗虽然缺了一角,但碗上的蝴蝶倒是挺好看的,花可久是因为蝴蝶才把碗拾回家,放在天台的角落。至于把葱头放在破碗里,只是一种随意的举动。破碗里有泥,葱就在泥里发了芽,长出新苗来。

那是一个晴朗的下午。晴朗的天气总是叫人以为一切都是美丽灿烂的,花可久独自一个又在花顺记的天台上做她的种种游戏,她在地上画格子,玩跳房子;她在墙上用烧火阿二那里拿来的煤炭画叔叔们的大屋子。忽然,她听见一声清脆的碎裂声,接着是些玻璃片似的东西跌在地上。这类声音,花可久是熟悉的,因为花顺记多得是汽水瓶子,汽水瓶子掉在地上,裂成碎片时,就是那种像音乐一样的声音。但这一次花可久听到的声音要清脆些，也纤细些。天台上并没有汽水瓶，以前有，以前的花顺记只是一间小小的工厂，天台上堆了很多杂物，包括一个一个叠聚的箩和无数平底或尖底的汽水瓶子，可是现在，花顺记扩张了，堆在天台上的瓶子已经搬到另一个工厂去。花可久站在天台上向附近的"花氏肥土公司"的楼房张看时，就可以看见一些窗口的部分，虽然紧紧地关上了窗扉，透过玻璃，仍可见到汽水瓶子密密麻麻地堆积在一处。

花可久找寻了一会儿，才发现地上有些破碗的碎片，真奇怪，地上的碎片，竟是一只蝴蝶的翅膀。仿佛真有那么一只陶瓷的蝴蝶，振拍了双翅，和蝴蝶分离之后，独自在天空中翱翔了一阵，然后掉到地上来。那是花可久从烂泥地拾回来的破碗碎片。盛着葱的破碗，本来搁在一张缺了一条腿的木凳上，如今，由于破裂的缘故，大半都掉在地上了，原来是碗的地方，露出了葱的须根，从少量的泥土中强劲地伸展出来。是这些须根把碗胀破的。花可久记得早一年的冬天，天气是那么冷，插着梅花的一个花瓶也是忽然清脆地发了一声响而破裂了，梅花倾倒下来,花瓶里只有少量的水,和碎片一起掉在地上的全是冰块。

破碗的碎片竟是蝴蝶的翅膀。那时候,花可久看见插梅花的花瓶,掉在地上的碎片里,有一只小鸟,仍在那里努力地飞行。花可久把碎片拾起来,放在葱碗的旁边,她不明白为什么她随意种的葱会长得这样茁壮,葱枝像她的手指那么粗,每一条须根像一条条蚯蚓。葱的须根是冰块么?花可久觉得葱的根和冰块有点关联,但却说不出其中到底另有些什么她不明白的原因。

花可久在一个星期之后在天台上跳房子的时候,遭遇了她前所未见惊异的事情,这次,她听到的不是细碎、轻微物体的破裂声,而是隆然的巨响。她呆了一呆,声响就在她前面不远的地方,那是"花氏肥土公司"大楼的工厂,几层楼高,里面堆满一袋一袋的肥土。事情发生的时候,是大楼的一幅墙,忽然拆裂了一条缝,然后"轰"的一声,整幅墙倒了下来,砖块和墙粉簌簌地落到大街上。倒了墙的楼层,平日封得密不透风,如今展现了大室的内容。花可久正站在大楼的对面,灰沙扬散之后,视线渐渐清晰,她看见一间奇怪的没有了墙的大室,堆满一包一包的肥土,可是,这些肥土,和平常批发出去的模样已经完全不同。零售或批发的肥土,都包装得整整齐齐,一袋一袋,像米、面粉或煤炭,可是,大楼房间里的肥土,虽然也是一袋一袋地叠好了的,但袋子的上面,已经长满了茂盛的叶子和丝藤,仿佛整座房子竟是一座森林。有些植物的茎爬上了天花板,有的附在墙壁上,穿过了窗洞,所有的植物,都伸出了它们巨大的掌叶,起劲地朝外面伸长,是那么多强劲的枝藤,缠结在一起,像不断膨胀的冰块,一起朝外扩张,终于穿破了墙,把墙挤破,并且推倒了。

"花氏肥土公司"的货仓,也许因为潮湿的缘故,储藏的肥土,竟然都长出了植物来,它们悄悄地,在温暖的大室内抽芽、发叶,甚至开花。自从倒了一幅墙,花氏的工作人员打开了货仓其他的大室来看,发现所有的肥土把花氏大楼变成了一间间绿屋,各种各样的叶子和藤蔓,在大室的墙上、地板上和天花板上蔓延,有的墙已经穿破,不久也会一一倒下来了。

镇上其他一些包装了肥土出售的货仓，也发生了同样的情形，肥土都自动长出花草来了，而且肥土里面还有甲虫、蚂蚁或蚯蚓，爬得满屋都是。最奇怪的还是，肥土本身竟然缓缓地膨胀、扩大，它们挣脱了锡袋的束缚，爆裂出来，四处飞散之后又凝聚在一起，像一只巨大的朝四面八方蠕动的阿米巴。

用肥土来种盆栽的家庭，终于发现肥土给他们带来了可怕的灾害，一片叶子遮挡了整个窗口，一朵花占据了半张桌面，仿佛是小小的植物成为屋子的主人了。而且，蚂蚁像蟑螂一般大，蚯蚓竟然被误以为毒蛇。人们开始害怕了。有些人家的花槽，倾塌了；窗前的花架，把楼房拖斜了；竹篱笆被蔓藤压倒了；青草布满了行人道，一条好看的鹅卵石子路，被野草翻转了石卵。于是，人们更加惊恐了。

种盆栽的人不要种盆栽了：把所有的植物砍断切碎，把肥土扔掉。他们以为只要把植物扔在垃圾桶里，把肥土倒在家里的门口，或者附近的地方，问题这就解决，可以安枕无忧了。但肥土并没有停止生息，就在人们遗弃它们的地方继续茁长出各自的花果来,而且一点一点地缓慢地扩张。因为人们把家里的肥土都扔到户外来,肥土镇的街道上、小巷上,到处都出现了一小堆一小堆被弃置的肥土,而不久,这些肥土又长出巨大的草叶,把整个肥土镇变成草叶和蔓藤的世界。终于,人们和肥土作战了。

"花氏肥土公司"的招牌拆下来了,"花氏肥土"的货仓封闭了,所有的植物被清除,肥土被废弃,但肥土真的能被废弃吗?大家不过把肥土抛到离自己的住处稍远一些的地方罢了;肥土并没有被消灭,也并没有死亡。它们有强韧的生命力,不断地长出嫩芽,绽放花朵,而且愈聚愈多,仿佛有一张大嘴巴,迟早会把整个肥土镇吞没。

肥土在国外倒没有引起重大的不幸,也许是因为肥土的外销场是分散的,没有集中在一个地方。但是不久,肥土的外销也终止了,因为在别的国家,泥土根本不可以进口。事实上,无论是什么人,再也不要看见肥土了。由于肥土的关系,镇上的人连汽水也不喝了,花顺记的生意一落千丈，老祖父整日在楼上叹气，连猫儿也无心抚养了。

再没有旅游车停在"花氏花园"的栏杆外，"花氏花园"的管理员，又回到了花顺记来当杂工，"花氏别墅"的天台上再也没有一个人在那里放纸鸢。没有人愿意再到"花氏花园"那边去，只有花可久，她又回到烂泥地来了，但如今的花可久，是多么的忧愁呀。

我是多么的忧愁呀，因为我就是唯一仍到烂泥地去的一个人，我的名字叫花可久。"花氏花园"如今又变成烂泥地了，不，"花氏花园"如今不是变成烂泥地，而是变成一座小森林。叔叔的大屋子四周，长满无数杂乱的植物，栏杆都给藤蔓占据了，小路上也都是野草。肥土因为膨胀的缘故,竟然把叔叔大屋子的大门堵住了。以后，肥土们会继续生长吗？那么，它们会不会一直长大，把叔叔的屋子也淹没了呢？唉，我是多么的忧愁呀。

镇上的人如今都忙于消灭所有的植物和可怕的肥土，他们把植物的根拔除，斩成一截一截，切成一段一段，他们甚至不敢再用叶子来喂猪，全镇的人也不敢吃菜，怕自己吃了肥土种出来的菜会忽然变成巨人。人们只能把植物拿去烧，仿佛那是一场瘟疫，必须接受一次火的洗礼。镇上的大街小巷里，花可久可以看见一堆一堆的烟火，整个肥土镇一片烟雾弥漫，有人上街，竟戴上了防毒面罩。至于肥土，谁知道该怎样处置肥土呢？人们也只能采用焚烧的方法，于是烟雾更浓了。烧过了的肥土，人们不再弃置在屋子的附近，而是把灰土带到原来的烂泥地去，扔在那里，然后离开，不再回顾，仿佛那个地方，是远古时代患过麻风的禁地。

叔叔们在他们的大屋子里怎样了？四周一个人也没有，只有花可久，拨开巨大的草叶，擦破了不少的皮肤，走到叔叔们的大屋子面前来。她在楼下喊：叔叔，叔叔，小花儿来啦。但是叔叔们听不见，花可久喊了半天，只好自己爬上一棵树，爬到大屋的窗口，从一个没有了玻璃的窗洞爬进去。叔叔们并不站在任何一个窗子的前面，原来他们在屋子中间的一个房间里看书，两个人都在看书，书堆得比他们的头还要高。

"叔叔，叔叔，原来你们在这里。"

"啊,竟是小花儿来了。"

"叔叔,叔叔,你们可好?"

"我们好。"

"大家都在烧花草。"

"是吗?"

"到处都是烟。"

"你怎么来了?"

"我很害怕。"

"不要怕。"

"是不是天要塌下来了?"

"天不会塌下来的。"

"肥土要吃掉我们了吗?"

"怎么会呢。"

"可是,一切都那么可怕。"

"不久就会过去的了。"

"我们应该怎么办呢?"

"一定有办法的。"

叔叔们说不要怕,但花可久还是怕,怕真是一种奇怪的感觉，它在一个人的心里出现了，就像肥土，赶也赶不走了。叔叔们说：不久就会过去的了。真的会过去吗？叔叔们又说：一定有办法的。真的一定有办法吗？花可久并不知道，但她觉得，和叔叔们在一起，比较安全，在老祖父那里，老祖父老是叹气，花可久饭也吃不下去了。

花可久到叔叔家来，从来没有这么疲倦过，所以，她就在叔叔们的一张大椅上睡一阵觉。当她醒来的时候，天正在下雨，不是淅淅沥沥的雨，而是倾盆的大雨。花可久遇过无数次的雨天了，下雨，对她来说，并不是什么稀奇的事情。下雨的时候，她不是跑到厨房里拿一个碗去盛载檐前的水滴吗？下雨的时候，她不是戴了一顶大帽子，穿上烧火阿二的雨靴，在天台上玩跳房子，把水溅得飞到四周的墙上吗？下雨的时候，花艳颜就要忙着一只一只地数猫了。

花可久还是第一次在叔叔家避雨，雨真大呀，是因为叔叔家的雨和爷爷家的雨不同吗？花可久从来没有见过这么大的雨，晴亮的天空一点光彩也没有了，雨水像天上一条倒翻倾侧了的大河，把水都倒到地面来。叔叔们似乎也是第一次遇见这么大的雨，他们居然离开了他们的书本走到窗子前面朝外望。雨，像成千成万的瀑布，挂在大屋的前后左右，在风中，这些瀑布的雨帘一直不停地摆动，仿佛有人在舞动一面面大旗。叔叔家的窗子本来都已经修理好了，但是，肥土里的植物长得那么茂盛，它们穿墙逾窗，把许多玻璃撞破了，而这样，雨水就从空隙的窗洞中流进屋子里来，有的则沿着树枝泻进来。那么多的破窗洞，花一花二也没有办法阻挡雨水的入侵，他们只好放弃抢救，由得雨水打进来。

叔叔们和花可久退避到屋子的一个小房间里，关上门。隔着墙，一切显得比较安全了，但他们仍然可以听见室外的杂声，忽然是哗啦啦的一片玻璃碎片掉在地面的声音，忽然是窗框或者门扇在风中摇摆的声音。花可久站在窗幛背后，看见外面闪电了，银色的电光划过灰白的天幕，随着天光，强风刮了起来，卷起泥沙、碎石和木片。

风愈吹愈大，花可久可以感觉叔叔的屋子在微微地震荡，仿佛这屋子是一艘船。老祖母有一次不是这样说过：

我们是住在一只大海龟的背上，海龟如今睡觉了，一旦醒来，浮土镇就会又沉到大海里去。花可久想：是海龟醒来了吗，浮土镇要回归大海了吗？她看看窗外，她看见猛烈的风拔起了屋外的许多树木。千千万万的叶子、枝桠、蔓藤、花朵，随着风远远地飞走了，好像一座大森林，突然被剪成无数的碎片，在窗外飞舞，这情景，只有晚上看天上无数的星才可以相比。飓风终于来了，飓风像一只一只强劲有力的大手，拔起泥土上的植物，有的树木被拉断了，有的花草被连根拔起，叔叔屋子的这里那里，传来嘶嘶裂裂的响声，风也把攀在墙上的、爬上天台的、穿过窗洞来的植物拖走了。花可久看见植物在窗前旋转、翻腾，然后远去，消失得干干净净。稍后，风吹进叔叔们的大屋来了，就像叔叔的屋子是一个可以吹响的螺壳，风的声音呜呜地鸣叫，风从一个窗子进来，从另一个窗子出去，然后是无数瓶子倾跌的声音。

窗子外面的"花氏花园"，一棵植物也没有了，忽然之间，风把所有的叶子都拔走了。在广阔的黑黝黝的烂泥地上，花可久看见亮白的电光，过了一会，她看见一道一道的流水,是红的、绿的、紫的、蓝的、青的、橙的、黄的,在烂泥地上冒出来,汇成一条条溪涧的阡陌。一刹那间,烂泥地竟变成了一幅七彩的花毯,这是花可久从来没有见过的美丽的景致。但这不过是十数秒钟的事情,因为雨水不断落下来,颜色的溪涧很快就流尽了,水都归向了沟渠。

花可久回到花顺记去的时候,已经是第二天的正午,当她从叔叔家出来,她发现烂泥地又回复了原来的样子,什么草叶、花朵、高不可攀的植物都已消逝。早些日子的"花氏花园",仿佛是一个传说。镇上奇异的花草也都随风而逝了,大雨把肥土洗涤得异常清爽,连焚烧过的灰烬也一点不剩。

老祖父在花顺记铺面的柜台前打算盘,人们抬着冰块进来,挑着汽水担出去;花艳颜在楼上,把十三只水钵的水倒掉,换上新鲜的。花可久在厨房里吃粥,一面嚼着五香炒豆,她的脑子里仍浮起烂泥地里七彩的流水,那真是一幅何等美丽的地毯呀,这地毯,也只有她和叔叔们三个人见过。一切都是那么真实,但却又不像是真的。

老祖母坐在一张板凳上,烧火阿二在烧开水,水蒸气浮上了空中,形成一层广阔的雾障,老祖母也不知道是在对花可久说话,还是对她自己说话,她说:没有一个市镇会永远繁荣,也没有一个市镇会恒久衰落;人何尝不是一样,没有长久的快乐,也没有了无尽期的忧伤。

一九八二年十月

圣诞老人与烟囱

我正在操作的一项游戏,名字叫做"圣诞老人与烟囱"。这些日子里,我已经遇上过许多个类似的电子游戏机了。最初的时候,我邂逅的是"火"。那是一场永不止息的火灾,既没有人去灭火,也没有人去做隔离火场的工作,只有两个人,抬了担架床,来来往往忙碌地救人——人当然最重要。但问题是,若是火灾不迅速加以扑灭,若是火势不立刻加以控制,那将是一场更巨大更不可收拾的灾难,而被困的生命也会继续不断地递增;事实上,现场的情况正是如此,没有人灭火,火势又不停歇,大厦的高层上,每三秒钟就有一个人从窗口飞跃出来,拯救的人手就在地面上抬着担架床，沿着大厦的窗户来往奔走。幸运的灾民，跌得巧，就得救了，否则，任何人都没有办法把生命挽回，而超人只是一个神话。

我稍后碰上的几个电子游戏项目和"火"差不多，全部呈现破坏多于建设的境况，叫人疲于奔命拯救和走避。灾难则像时间，延绵不断。天上落下来的为什么不是花朵、蝴蝶，而是钢铁的工具？鸡蛋为什么不下在泥地上、禾草堆里，而从空中坠失？这是我永远不能了解的事情。所有那些伤亡令我忧伤，而我无能为力。我困乏的身心，直到遇上那个叫做"过桥抽板"的游戏才稍稍获得一点松懈的感觉，因为这次的挫败者不过是掉进河里罢了，以我个人的泳技和观察的角度来分析，落水的人并不一定就惨遭灭顶。即使这样，这项游戏依旧损蚀我的身心，逼胁我追随着一声声"嘟、嘟"的警号来行动，把自己折磨到麻木、机械的地步。我呆瞪着那一列行军似的过桥黑影，一个又一个，络绎不绝，不知道一个人在世界上究竟为了什么而生存，而我这样子手按操作的按钮，专心集注，又为了什么？夸父逐日，和太阳赛跑吗，还是西西弗斯，推大石上山？

我并没有购买过任何一类的电子游戏机，我所以会遇上它们，完全是由于我在课室内看见我的学生们埋头埋脑地看守着他们的抽屉的缘故。那时候，我正在讲述安徒生的童话，课文是他的《丑小鸭》。我并不知道，如今的小孩子是否还愿意听故事，而新的世纪又是否应该有更新的童话；疑问在我的脑子里盘旋。这时，我看见我的一些学生们低下头，陷入欲罢不能的困境而不可自拔。在童话与电子游戏机之间，他们选择了电子游戏机。我暂时没收了他们那些站在时代尖端的玩具，在小息时看看它们到底蕴藏了一些什么魅力。是这样子开始的，我发现了作为一个现代人活在这个世界中的愁苦：人们陷入了无尽期的挣扎之中，而灾难是永无止境的。

如今，我手上正在操作的一项电子游戏，叫做"圣诞老人与烟囱"，这是最新的一个品种。在荧光幕上，我可以看见一列高耸的烟囱，这些烟囱，每隔很短的分秒，就会喷出烟火来。在烟囱的底下，是红砖村屋的屋脊，在屋脊的天花板下，是小孩子平稳的睡床，在他们睡床的一端，挂着长长的袜子。这时候正是冬天，圣诞节已经降临。是因为圣诞节已经到了，所以小孩子睡床的一端，才挂起一只只长长的袜子。当我按动电子游戏机的一个按钮，画面的天空中出现了圣诞老人和鹿车，鹿群拖着雪橇在天空中滑翔，鹿车上除了圣诞老人，还堆满了累累的礼物，鹿的身上都披戴着北国的雪花，它们角上的铃叮叮地摇响。每当鹿车飞到一座屋子的上空，圣诞老人就手抱一包礼物，打算从烟囱爬进屋子里去，可是每一次，圣诞老人都迟疑了。并不是他年纪老了，也不是他疲倦了，而是因为每一次，当圣诞老人想爬进烟囱去时，烟囱却喷出烟火来了。

所有的烟囱都不停地喷出烟火来。圣诞老人到处寻找没有喷火的烟囱，但烟囱仿佛和他捉迷藏一般，当他来到面前，它们就喷出熊熊的烟火来了。所有的烟囱，像所有的活火山，圣诞老人就在空中和烟囱们展开斗智的争战，但他显然失败了。我能说些什么呢，我飞快地运作双手的食指和大拇指，尽我所能去协助他，然而并不奏效，因为我毕竟只是一个由血肌构成的人，不是机器，而圣诞老人也只是圣诞老人，不是上帝。圣诞老人试过把礼物迅速投入烟囱，却被烟火将礼物焚烧了，而他自己，虽然不断尝试，胡子和眉毛给烟火烧焦了，身上的衣服，也从艳红和雪白熏成一片灰黑和焦黄，拖着雪橇的鹿，都碰得焦头烂额。唉，我能说些什么呢？

唉，我能说些什么呢，我能继续在我的课室里讲安徒生的童话吗？我不知道我们原来朴实、宁谧的世界为什么会变成眼前的样子；我不知道是什么人制造了那么多喷火的恐龙，不知道是什么人阻塞了天地之间的通道。我只知道，我和圣诞老人的努力，也许都是徒劳的。

一九八二年十二月

垩 墙

1

"你真是愈来愈像你姊姊了。"新娘子说。新娘子的声音很轻很轻,轻得一定连她自己也听不见,不过,小红还是听见了。小红就坐在菱姊姊的小房间里,坐在菱姊姊的对面,今天,菱姊姊是新娘子。今天,小红一早就到菱姊姊家来了,来的时候,房子里还很静呢,她看见菱姊姊一声不响,独个人坐在桌子面前,对着一面镜子看。菱姊姊既没有梳头,也没有搽胭脂,只呆呆地坐着,看镜子,好像镜子里有许多东西可以看,要看很久也看不完。镜子难道不是要来照的吗？小红很少照镜子，她不喜欢照镜子；小红的妈妈有一面小镜子，但妈妈也很少照镜子，妈妈忙，哪里有空照镜子。大概只有新娘子才特别喜欢照镜子吧。人家是那么说的啦：新娘子最漂亮了。新娘子喜欢照镜子，一定是要多看看自己漂亮的样子。不过，菱姊姊不是在照镜子，她只是在看镜子，镜子里真的有许多东西看吗？

"菱姊姊！"

"噢，是小红，快过来。"

"菱姊姊，你在看什么？"

"没看什么。"

"镜子里面有什么？"

"镜子里面？没有什么呀，你看。"

菱姊姊让小红看镜子，镜子里面真的没有什么，小红只看见自己的眼睛、头发；头发松松的，辫子也散了。小红觉得，照镜子和看照片不一样，小红昨天看过自己的照片，那是因为学校要缴，所以找出来好带到学校去。照片里的小红，整个脸都紧紧地贴在纸面上，无论小红怎样歪歪脖子、侧侧头，照片里的小红总是一动也不动；

镜子可不同了，小红眨眨眼，镜子里的小红也眨眨眼，小红笑，镜子里的小红也笑。但这还不是镜子和照片最大的分别，镜子特别的地方是：在镜子里，小红好像站得很远很远，虽然小红离开镜子只不过两个碗那么远罢了，但镜子里的小红，却像在很远很远的地方，小红的脸，也不是贴在镜子的玻璃片上面。这就像外婆家的水缸，小红每次去舀水喝，掀开缸盖，就看见自己显现在缸里，整个头不是贴在水面上，而是沉在水里，沉在很深很深的地方，而且永远是浮在水中心的。

"来，吃一个糖果。"

"这么多呀。"

菱姊姊把一握糖果塞在小红的手心，牵着她的另一只手走到自己的床边坐下来。刚坐下却又站了起来说：哎，看，你的辫儿散了，我来替你梳梳好。说着，仍牵着小红的手，带她坐到自己刚才坐过的椅子上，拿起桌上的梳子。她替小红把红头绳耐心地解下，拔掉绳上的碎发段，然后用梳尾在小红的头发上界了一个半圆，拎住一束发，梳向耳边，梳齐了，仔细看看，仍用那弯弯曲曲的红头绳把头发牢牢扎紧。

"小红,以后菱姊姊再也不能常常给你梳辫子了。"

"你要嫁到很远的地方去了吧。"

"蛮远的哩。"

"为什么要嫁到那么远去呢?"

"新郎住得远。"

"新郎不能嫁到这里来吗?"

"那是不可以的。"

"那么你不要嫁出去好了。"

"唉,姑娘长大了,总是要嫁出去的。"

"你会常常回来吗?"

"恐怕,挪不出时间。"

"我不能再天天见到你了。"

"小红……"

"菱姊姊?"

"小红,以后你要自己用功读书……"

"是,菱姊姊。"

"自己小心。"

"小心什么?"

"噢,我是说,比如,小心村子里的红眼睛疯狗。"

"我知道了,我一见红眼睛白牙齿的狗就走开。"

"辫子梳好了,你照照镜子看看。"

"一定要照照镜子吗?像个女孩子。"

"你是女孩子嘛。"

菱姊姊拿着镜子,走到小红的面前,蹲下来,让小红照,小红看见镜子里自己的头发都整齐了,耳朵旁边有一条散尾辫,顶上扎了一条红头绳。小红一直不喜欢照镜子,她胡乱照了照,就不再照了,她只看见菱姊姊呆呆地看着自己。菱姊姊看着自己的样子就好像她刚才坐在桌子面前看镜子一样。她还在说话呢,声音这么轻,是说给谁听呢?那么轻的声音,不过小红还是听见了,菱姊姊是在说:你真是愈来愈像你姊姊了。

忽然,有一群人哗啦啦地闯进新娘子的房间里来了,很多的人,都是女人,而且是很吵闹的女人。她们一进来就不停地说话,一个说:哎呀,怎么还没有换衣服呀。一个说:咦,怎么还没有梳头呀。于是她们七手八脚,自己动起手来，有的去拿梳子，有的去抖一件红衣裳。那么多的人，好像一道墙，把菱姊姊和小红隔了开来。

房间小，人多，小红一直朝后退，直退到房间的一个角落，在角落里，小红再也看不见菱姊姊了，甚至菱姊姊的镜子、桌子、椅子和床也看不见了。小红想离开这个地方，不过人们挡住了她面前的路，她只好仍站着。她看见人们的头在顿在点，她看见人们的手在摇在摆，她看见人们的脚在进在退，她看见人们的身体忽左忽右。

刚才，菱姊姊为什么呆呆地看着自己？有一次，就是那一次，妈妈给小红穿上一件花布袄，妈妈替小红一颗一颗地把纽扣起来，扣到一半，妈妈也是那样呆呆地看着小红。不过，妈妈什么话也没有说，而菱姊姊呢，她说：你真是愈来愈像你姊姊了。谁真是愈来愈像谁的姊姊了？菱姊姊的房间里又没有别的人，她说的"你"，是谁呢？姊姊，小红没有姊姊。菱姊姊一定是看镜子看糊涂了，她一定是在对镜子里的人说话，镜子里边一定有许多东西、许多人。等一会儿，等这房间里的人都走了，小红一定要去看看菱姊姊的镜子，要慢慢地看，菱姊姊的镜子一定是面很特别的镜子。

所有的这些人还在房间里,又忙又闹,她们真吵。菱姊姊呢?小红看不见菱姊姊。她只听见人们在说话,好像菱姊姊的房间是一间戏院。

"你们看,新娘子今天多漂亮呀。"
"这般好看的媳妇儿,真是打着灯笼也没处找呀。"
"来呀,来呀,吃颗莲子吧。"
"对对对,吃颗莲子,连生贵子。"

※

鞭炮响过之后,菱姊姊就被一群人前前后后地围着,接到新郎家去了。咦,怎么有人撑着一把花阳伞,照得菱姊姊的脸有点绿。真奇怪,变成了新娘子的菱姊姊,小红几乎不认得她了。今天一早,菱姊姊还是菱姊姊,静静地一个人坐在小房间里,一声不响,在看镜子。那时候,她和平日一样,穿着一件灰白色的衬衫,一条深蓝色的长裤子,一双黑布鞋。小红认得的菱姊姊一直就是那样子,可是，菱姊姊刚才从家里出来，忽然就变了另外一个人了，那个人，就是新娘子。新娘子穿着一件粉红色的过年才穿的那种衣衫，裙子上下有许多褶，大红色的哩，鞋子也是大红的，绣了花。最奇怪的是，新娘子的头发上还插了一朵大红的绢花。菱姊姊平日替小红梳辫子的时候常常问：小红，要不要在辫子上用丝带打一个蝴蝶结？小红总是说：不结，不结，姊姊自己结。但菱姊姊从来不在头发上结蝴蝶结。人家是这样说的啦：新娘子最漂亮了。菱姊姊漂亮吗？那些粉红色的衣服好看吗？小红觉得，菱姊姊今天竟像戏台上面做戏的人。衣服怎么会把人变成另外一个人呢？菱姊姊，小红是熟悉的、亲切的；新娘子，小红却感到陌生，而且害怕了。这，有点像小红自己吧，小红穿的衣服，也是很奇怪的。以前，她老是穿汗背心呀，短裤子呀，在学校里也只和徐向东、陈大江他们一起玩，后来呢，后来一直到现在，她就穿花衬衫和布裙子了，虽然有时也穿裤子，但不再穿短裤子，而且常常穿裙子。当然，小红还记得，她穿上不同的衣服，是因为那次"小鸟"的事件。已经是早几年的事了。许多许多年以前，小红为什么老穿汗背心、短裤子，只和徐向东、陈大江他们玩，而不是和陆小燕、罗菊菊她们玩？小红一直不大明白。还有，那时候，小红写自己的名字时也不是写小红，她写的是：小洪。小红和小洪是一个人还是两个人？就像菱姊姊和新娘子，她们到底是一个人还是两个人？

　　菱姊姊说，新郎的家离这里，蛮远的哩。要过河么？要爬过西边的那座山么？那么，菱姊姊是不会常常回来的了，以后，小红也不可以到菱姊姊家去问功课、听故事。村子里的人，说多不多，说少也不少，小红每天都看见人，可谁像菱姊姊那样，待小红好？菱姊姊出嫁了，小红就要变作一个孤零零的人了。爸爸是不常说话的，妈妈常常不在家，外婆又不住在小红家里，所以，小红以后只可以一个人自己做功课，一个人看故事书。想起来，菱姊姊的故事才多哪，她会讲天上的牛郎织女，又会讲月亮里的嫦娥。不过，小红最喜欢听的还是菱姊姊和她表妹阿秀小时候的故事，小红永远也听不厌，菱姊姊也永远讲不完。还有她们唱的卖懒歌，小红也会唱。

卖懒呀，卖懒呀

卖到年三十晚呀

别人都懒呀

我们不懒呀

为什么我们不懒呀

因为我们把懒都卖上西山去了呀

　　菱姊姊虽然常常说她和她的表妹阿秀怎样怎样，可是小红一直没有见过菱姊姊的表妹；过年的时候，也没见过她来拜年。小红说：菱姊姊，你的表妹阿秀呢，她现在在哪里？菱姊姊眼睛就红了。起先菱姊姊说，阿秀住得很远，要穿过树林，在树林的另一边。后来菱姊姊却说，有一年刮风，河水发涨，阿秀在河边洗衣服，后来就没有人再见到她了。

　　小红没有表妹，也没有表姊。小红甚至没有兄弟妹妹，她是家里独一的小孩。谁可以和她一起唱卖懒歌呢？唱卖懒歌的时候，一只手提着一个灯笼，另一只手握着一枚红鸡蛋，鸡蛋上插一炷香，然后到街上去一路走一路唱。

谁可以和小红一起唱卖懒歌呢？谁可以和小红一起在家里用火柴盒子黏小桌子小椅子？谁可以和小红一起，在下雨的时候两个人撑一把伞，到田里去扮稻草人？如果像菱姊姊那样，有一个表妹就好了。阿秀，多好听的名字。小红从来没有见过阿秀，不过，她觉得，阿秀也像菱姊姊一般，是她最熟悉、最亲切的人。菱姊姊常常讲起她的表妹阿秀，她一定很想念她吧，难怪有几次，她竟把小红叫阿秀呢，她明明是说：小红，你看，红豆子的布袋做好了，可以掷布袋玩了。但她却说：阿秀，你看……

刚才，菱姊姊的家多热闹，可是现在，四周多静，小红坐在自己家里的门口做功课，菱姊姊的家就在小红家对面。吵吵闹闹的人都到新郎家那边去了。真奇怪，多么静，菱姊姊的家仿佛什么也没有发生过似的。小红觉得，菱姊姊做新娘子这件事，一定只是一场戏，菱姊姊现在一定仍坐在自己的小房间里，穿着灰白的衬衫，深蓝色的长裤，黑布鞋，小红可以走进去问她功课，要她讲故事。但一切却是真的，菱姊姊变了新娘子，嫁到很远的地方去了，菱姊姊的家门口，满地都是鞭炮留下来的红纸屑。

几只小鸡在那里啄呀啄呀,直啄得小红的眼睛也疲倦了起来。

小鸡不停地找东西吃,它们啄了一阵红纸屑,就转到白粉墙边去啄,一直啄,一直啄,白粉墙里边有很多好吃的东西吗?小红揉了揉眼睛,蒙蒙眬眬地,只看见菱姊姊家的白粉墙一忽儿移近,一忽儿退远。小鸡仍在啄那墙,令那墙发出一些细微的声音来。小鸡继续不停地啄墙,墙也继续不停地发出轻轻的声音。

"阿秀,阿秀,不要哭。"

"我很害怕。"

"不要哭。"

"我很害怕呀。"

"想想办法吧。"

"你看,妈妈的肚子是不是一天比一天大起来了?"

"好像大了许多。"

"那么,怎么办呢?"

"妈妈就是妈妈呀。"

"不,我听见她说……"

"是你的妈妈么?"

"是,她说,她说……"

"别哭。"

"她说,希望这次是男的。"

"拿这条手绢揩揩。"

"她说,可以不要阿秀。"

"但你已经这么大了。"

"他们不要我了。"

"不会的吧。"

"妈妈说,不要女的,要男的。"

"你爸爸呢,他说什么?"

"爸爸说,等生下来再看看。"

"也许……"

"妈妈的肚子越来越大呀。"

"快要生了吗?"

"妈妈一定不要我了,要杀了我呢!"

"也许生下一个女的。"

"如果是男的呢?"

"也许是女的。"

"我决定不回家去了。"

"那么,你躲在我这里。"

"躲不住的,太近了。"

"我把你藏起来。"

"怎么藏?"

"藏在床底下。"

"不行的,我还是……"

"怎么样?"

"逃到别的地方去。"

"很危险的,山上冷,河又深,树林里有老虎。"

"我想……"

"一定要想一个办法。"

"我逃到我外婆家去,外婆待我好,她一定会救我。"

"那倒是个办法。"

"我现在就去。"

"好,你要绕小路走,千万别让你妈妈看见。"

2

"我们去看杀头去!"徐向东说。小息的时候,小红看见徐向东他们几个男生,在篱笆旁边聚在一块儿,好像讨论什么大事情,其中一个摸了摸自己颈脖子,有一个又指了指自己额头边边。当小红走过去,他们就一起停了姿势,也不交谈,而且对小红说:这里没你们女孩子的事儿。以前,小红常常和徐向东那群男孩子一起玩:踢球啦、挖蛇蛋啦、爬树啦、黏蝉啦,种种的玩意儿,小红都有份,因为小红就和他们一模一样,穿件汗背心、短裤子,而且,那时候,小红从来不梳小辫子,头发很短很短,短得像她妈妈用来洗衣服的一个刷子。还有,有时候,小红的作业簿上全写上"小洪"两个字。自从"小鸟"那次的事件发生之后,徐向东他们就不和小红一起玩耍了,他们一看见小红总是说:这里没你们女孩子的事儿。

小红有很灵敏的耳朵,谁很轻很轻地说话,她都能听见;比如外婆睡在床上悄悄地说梦话,比如菱姊姊自言自语地说话给自己听,小红都听见了。徐向东刚才那一句话,小红也听见，他明明是说：放了学，我们去看杀头去。"杀头"，小红一定也要去看看，杀头可不比外婆杀鸡，不是常常做的事，而且，近几年来，镇上好像没有人人可以去看的"杀头"。小红没有看过杀头，家里的人，只有爸爸和外婆看过，妈妈不敢看。外婆说，那有什么，大家都站着看，女人也很多，站得远，也不很害怕。

外婆说，现在的"杀头"，不是真正的杀头，是用枪打死的，头仍是连在人的身体上。从前呢，可真的是杀头啰，戏里也有，就是"斩首示众"，把一个犯人拉到法场上去，亲人都带了香烛果品食物去拜祭，一面哭，一面跪，那才叫人伤心，真正的杀头时间其实很短，不过一刀劈下去，斩柴一样。眼睛绝不能眨，一眨还真的看不到。还用说，一把大刀，闪闪亮，举得高高的，直挥下来，得干净利落啰，一颗人头就从身体上掉下来，在地上还要骨碌碌打几个滚，像一个西瓜。不过，也有过一次，外婆说，刽子手一刀劈下去，头没掉下来，仍挂在颈脖子上，晃晃摆摆的，那才叫人心惊肉跳。许多女人哭叫起来，掩了脸面。你妈妈就是不敢看，外婆说。

像平日那样，十点钟的时候，学校就放上午学了，小红看见几个男生跟着徐向东朝镇中心的方向走。别的同学，从学校出来，横过操场，都向四周分散，各自仍回自己的家去。小红背着书包看看天，站了一会就远远跟在徐向东他们背后。到镇中心去，只有一条大路。以前也有过一两次"杀头"，听说都在河边空地那一带，那地方，小红认得。小红再抬头看看天空，天下着微微的细雨，上学的时候，天也下雨，那时候的雨要大些；小息的时候，雨停了，小红还以为放学的时候会天晴。天没有晴，而且继续下着毛毛雨，路上很湿。因为滑，小红不能走得很快，为了走快些，小红决定不打伞，由得雨水打在自己的脸上，打湿自己的头发和衣衫。小红看看前面，徐向东他们一边跑一边叫，都走得很远了。

　　小镇的市场边，一直有许多店铺，这些店铺也一直不变，永远是门口挂了一块木板招牌，有的挂在店门口上，有的挂在屋外的树干上，招牌上的字有很多已经看不清楚了。当然，有一些店铺没有招牌，不过，住在这个地方的人都知道店里有什么卖，大家总会到适当的地方去买适当的东西。市场旁边,有修理脚踏车和补汽车轮胎的店铺,有卖碗和水缸的店铺,也有做水饺的店铺。有一个小摊子,小红记得最清楚,没有招牌,摊子也很小,不过是一个木箱,箱上面有一个铁锅,锅子上盖了盖子。有时候,有一个女人把盖子掀开来,用铁铲将锅内的东西炒两下,仍把盖子盖好。盖子掀开来的时候,满锅子都是水蒸气,原来锅子底下的木箱里有一个火炉。上星期,小红跟外婆到镇上去,外婆就到小摊子上去买了一碗铁锅里煮的东西,是一锅肉。回到家里,妈妈说不想吃,而且忽然呕吐起来。外婆问小红:小红,你吃不吃?小红说:这是什么?外婆说:狗肉。小红吃了惊,说:狗也可以吃吗?外婆说,书里面也写着的:马牛羊,鸡犬豕,人所食。小红觉得很奇怪,外婆从来没有读过书,却常常会背书。

路上有几个人,本来走在小红的背后,却脚步沉重地,而且大步地走上来了,他们不但越走越近,而且经过小红身边,走到小红的前面去了。这几个人中,有两个的脚步特别重,因为他们担了一条粗木头,各人挑着木头的一边，而木头的中间，倒挂了一只狗。那是一只黑狗，四只脚分别两只两只地给绑了起来，绑在木头上，所以，那只狗的四只脚都朝上天空，背脊朝向地面。那只狗的嘴巴也给绳子扎了起来。小红看见狗的眼睛睁着，两只眼睛都是血红血红的。也许因为那是一只黑狗，所以眼睛才特别红吧。有这种眼睛的狗，是疯狗。村子里的人说，给疯狗咬过的人，眼睛都是血红血红的。那次，村子里的田芳在屋子后面晾菜，竟给一头不知道哪里来的野狗咬着了，后来，田芳就发起疯来了，见过她的人都说，她的眼睛就是血红血红的。菱姊姊说，田芳才可怜哪，给她爹和伯伯用柴活活打死了。菱姊姊说田芳可怜，外婆却说那是田芳的命不好，还说，给疯狗咬了，有什么办法，不打死，会害别人的；而且，她爹也说：横竖是个讨债的。外婆又说：早早打死了，不是更好么，你想想，金勇家的儿子也给疯狗咬了，家里的人都不舍得打死他，把他关在柴房里，足足像狗那样吠了一个多礼拜，手和脚都给铁链锁在柱子上，结果，还不一样死了，眼睛也是血红血红的。

今天是市集的圩期，路边摆满了小摊子，茄子、辣椒、冬瓜摆满了一地。卖鸡蛋的仍是提着一个竹篮，另一只手提着一个用绳编结的网，吊着五个鸡蛋一串串地卖。有些树下拴着黑山羊，小车子边站着牛呀、鸡呀、鸭呀，都可以买。还有各种各样的筛、篮、蒸笼，占了很多地方。除了卖蔬菜和牛羊的，街上多了很多可以推动的小车摊子，上面牵了绳子，像晾衣服，挂满了衬衫、围巾、手套、袜子、布袋，颜色有红有绿。有一种绿色的袜子，小红还是第一次看见，会闪光的，像电筒，远远就叫人看见了，小红觉得这种绿很可怕。至于鞋子，都是一双双排好了摆在地上，喜欢试的人，脱了鞋子就去穿，有些鞋子是高跟的，有一些却是透明的，穿了上去可以看见脚上的脚趾。

小红看见徐向东和几个男生，竟站在前面的两个小摊子中间，停了下来看，不过，不久又离开了，继续往前跑。当小红走到小摊子那里，她看见其中有一个摊子原来是租连环图的，很多图画的封面全部贴在一张大纸上，挂在树身上，怕有一百个封面吧，各式各样的图画每一幅都不同。树下坐着好几个小孩，埋头埋脑地看连环图。小红很想留下来看连环图，不过，她要到河边去看比连环图更吸引她的新事情。连环图旁边的一个小摊子是一个打木偶的游戏摊，搭了一个小小的帐篷，帐篷里边有一个木架，打横插满了一行行傻头傻脑的木偶。帐篷外边，有一个三叉木架，架上搁了一管枪，这枪里边没有子弹，射出来的是尾巴上附着红羽毛的小针。谁个眼界好，一枪打过去，可以打中一个木偶。许多时候，红羽毛小针都跌到木偶后面的布幕上。架上的木偶都是呆呆的，有的好像还在笑哩。不过，大多数的木偶都没有什么特别的表情。小红看见红羽毛小针打中了木偶，木偶也不叫喊，也不躲避，笑的仍在笑，呆顿顿的仍是呆顿顿。木偶的身上好像蜜蜂窝一般，都是针洞洞，木偶不会流血，大概这就是做木偶的好处。

　　雨大起来了，小红不得不打开了伞。她经过一座桥，经过一处有兵站在门口的地方，转了一个弯，沿着一道很长的围墙走。再一直走的话，会经过一座公园，过了公园，就是河道最阔的河边了。小红撑着伞，前面的景物都给伞遮住了,她只看见自己身边的墙,墙上有大字,但字的颜色已经褪掉了,只隐隐的是一个大字,她走几步,经过一个"寨"字,再走一阵,又经过一个"大"字。谁在灰墙上写灰字?字都躲到墙里边去了。小红继续经过了"学"字、"业"字、"农"字,然后,她看见墙上贴了一大幅纸,上面写满了字,那些字都比较小,要走近了才能读得出来,除了毛笔字外,还有七彩的图画。小红最先看见的是几个比较大的字:偷鸡者,快速戒。然后是一些小字,内容说,近来有人偷别人的鸡,这是不好的行为,任何人都不可以偷鸡。

叫人不要偷鸡的一段公告是贴在大公告的角落上,没有图画。另外的一段公告,是一段很长的文章,而且画了一个粗眉毛、大眼睛的男人,眼睛很凶,那眼睛,就像刚才小红看见的疯狗一样,只不过不是血红血红的罢了。公告上说,这个人犯了罪,拿了一把镰刀,硬抓了一个女人,把女人拖到田里去了。公告上的字纸虽然是新贴的,可是因为连日下雨,雨水打湿了纸,纸上的字都渐渐糊化了。最奇怪的是:雨水打湿了公告的字纸,也打湿了图画里的人的眼睛,所以图画里的人就像在哭了,眼泪不停地流呀流呀。公告上写出来的事都是镇上最近发生的事,不过,不用看公告,小红也知道一些,因为大家都在传说,这一阵,镇上和村里抓了不少人,都是犯了罪的人:有的杀人,有的抢劫,有的打架,有的欺侮女人。犯了罪的人都给拉到河边的空地上去"杀头"。那些要给人"杀头"的人,不知道是不是和公告上的人一样,也有一双疯狗那样的眼睛。眼睛。嗯,像疯狗一样的眼睛会流眼泪吗?现在,墙上的眼睛在流眼泪。小红觉得,不单只是墙上图画里的眼睛在流眼泪,整幅公告,整幅墙,都在不停地流眼泪哩。那么湿的墙,到了明天,一定什么字也看不清楚了。不过,到了明天,一定又有明天的新公告,公告是永远也不会没有的,新的公告贴在旧的公告上面,干公告贴在撕掉一大半的湿公告上面,公告就是这样,好像外婆的梦话,重重复复没完没了。

　　雨真是越下越大了,小红从伞底下朝前面看,伞外是一片雨的帘幕,街上的行人、自行车、小茶摊、房屋、树木,全都看不见了。什么也看不见的感觉是非常奇异而孤独的。不，小红并不是什么也看不见，她仍看见她身边的一道很会流眼泪的墙，除了墙，她忽然看见一只蝴蝶。是的，一只蝴蝶，那是一只小红从来没有见过的蝴蝶，大得像一朵荷花，而且是鲜黄色的。蝴蝶并不怕雨，居然在大雨中仍可以活泼地飞舞，有时候，它飞得高一些，小红要抬起头来才看见它；有时候，它飞到小红的前面，小红一伸手几乎就可以碰着它了。蝴蝶一直沿着墙飞，小红就跟着蝴蝶沿着墙走，墙真长，好像永远也不会完，这样子的墙和这样子的蝴蝶，都是小红从来没有见过的。小红并不知道蝴蝶会把她带到什么地方去，她只是跟着蝴蝶，沿着一道墙，一直向前走，她越走越觉得自己是在一条隧道里，但不知道隧道到底有多长。如果隧道没有尽头呢？不，小红的脚步慢下来了，她看见在她前面不远的地方是墙的终点，因为有另一道墙横在那里。蝴蝶飞到那墙的前面并没有停下来，仍然拍着翅膀，小红惊讶地看着蝴蝶竟拍着翅膀穿过墙壁不见了。小红跟着蝴蝶走，但她走到墙前就停下来，她没有蝴蝶的能力，墙挡住她的去路，她无法穿越。这是什么地方？我为什么会到这里来？小红想。小红朝四面观看，这时，她发现她的对面是墙，背后是墙，左边右边都是墙，她想从进来的路退回去，已经不可能了，现在，她被围困在墙的中间，蝴蝶却不见了。她看不见蝴蝶，但她听见蝴蝶拍翼的声音，像雨水打在伞上，不过，这熟悉的声音是在墙的另一边，仿佛蝴蝶是在墙的外面，拍击着翅膀要飞进来。蝴蝶一定在绕着小红四周的墙飞舞，因为小红一会儿觉得它在东边，一会儿又觉得它在西边，渐渐的，东边和西边的墙一起沉寂下来，蝴蝶拍翼的声音逐渐微弱，直至完全消失。小红等了很久，不知道蝴蝶的拍翼声会不会重现，也不知道声音会在哪一幅墙外升起，于是，她把耳朵贴到墙上去，仔细倾听，仔细找寻。

"本来就不吃狗肉。"

"呕得真厉害。"

"世界上的事好像一直在团团转。"

"不过一转跟，小红又这么大了。"

"阿菱出嫁那天，我就在想……"

"就在想，好像是自己的女儿出嫁了。"

"过几年,小红不也一样会出嫁么。"

"但小红总是小红。"

"如果是娶媳妇,该多好。"

"这次有希望吗?"

"总是一个希望。"

"谁叫我没兄没弟,几代单传。"

"你难道又想……"

"我当然不想。"

"现在又没有那个运动,不像从前……"

"运动,运动,运动有啥用。"

"要控制人口。"

"人口不是仍然那么多?"

"如果运动要来,我们有什么办法。"

墙外的声音忽然又沉寂了。小红倾听了很久,再也没有任何人的声音,渐渐的,她又听见蝴蝶的拍翼,像雨水打在伞上。小红可以感觉蝴蝶在墙外飞,一会儿是左边,一会儿又是右边,然后,蝴蝶飞到小红背后的那面墙去了。在那里不停地飞舞。小红转过身来,她看见墙的对面一片光亮，一只鲜黄色的蝴蝶，穿越墙壁，飞了进来，拍翼的声音更响了。这一次，蝴蝶不再在小红的面前直线飞行，而是绕着小红，转圈子，起初是一个小圈，然后圈子一次一次扩大，当它沿着墙飞，小红四周的墙就在蝴蝶飞舞的一片光亮中按次序消失，就像小红做值日生时替老师抹黑板一样，一抹，白粉笔的字就给擦掉了。蝴蝶从最后隐没的那面墙边飞回来，飞到小红的头发上一晃，不见了。于是小红听见了雨声，是真的雨声，不是蝴蝶拍翼的声音，在她的四周，房屋、树木、自行车，又一点一点地清晰起来。在通向河边的路上，小红撑着一把黄色的油布伞，身边是一幅贴满了公告的墙。

　　前面就是河边的空地了，小红立刻加快了脚步。雨下得很大，小红终于看见前面一片伞，小红自己也撑着一把伞，撑着伞的小红根本挤不进人群里面去，于是小红把伞收起来，朝人丛中钻，由得雨水从别人的伞缘滴下来，落在她身上。她不知道徐向东他们现在在哪里，她拼命地向前挤，直到挤到最前面。到了最前面，所有的人都站在小红背后，这时小红却又害怕起来，于是又朝后退回来，站在人丛中间。前面是一片空地,更前一些是河,沿着河,人们站了一个半圆形,把空地围在中间,对面的一个角落上有人走动,露出一个缺口,空地中间并没有人,反而是圆圈的边上站着几个散兵。小红仔细地再看看空地,才看见贴近河边的地面上,有三个倒在地上的人,枪决已经执行过了,小红并没有赶上听见枪响的声音,也没有看见枪杀犯人真正的样子。

外婆说,从前去看杀头像看戏,既看斩头的刽子手功夫到不到家,又看死囚怎么样。有的死囚,又哭又喊,还要撒尿,但有的犯人可英雄啰,直挺挺地站着,大声说:砍了脑袋壳颈项不过一块疤,二十年后又是一条好汉。小红不知道躺在河边上的那三个人刚才的模样怎么样,他们说过二十年后又是一条好汉吗?他们哭过,喊过吗?因为是枪毙,地上并没有西瓜般滚滚转的斩下来的头颅;小红看不见任何头颅,躺在地上的三个人,小红只看见他们的脚,在他们的头那边,泥土上挖了三个洞,他们的上半身都倒在洞里了。看样子,三个倒在地上的人,远看起来也不像是人,只像三堆衣服罢了。

空地的尽处就是河了，河水很满，几乎要浸到岸上，小红可以看见雨水落在河面，河水忽然像一种奇怪的湿的火一般在燃烧。菱姊姊说，有一次，河水发涨，阿秀在河边洗衣服，以后再也没有人看见她了。是河水把阿秀冲走了吗？一条软绵绵的河，小红几乎不相信。现在，小红就站在离河不远的岸边，雨越下越大了，小红打开伞，伞上响着激烈嘈杂的声音。不过，在伞的外面，好像还有更响的声音，排山倒海似的、雷鸣似的，小红仔细听，那声音，原来是河水的奔流，很远，但又像很近；很近，但又像很远。

"这第三名给枪毙的人才倒霉啊，本来不该是他的。不是说要枪毙三个么，他是第四个，轮不到他。"

"这就叫命中注定，第三个犯人跑了，没抓到，就拿他补上凑数。"

"也不是白死，五个男人强奸一个女人，他也有份。"

"照理呢，该五个都枪毙，怎么只枪毙三个？"

"谁跟你说理。"

"再说吧，那个女人为什么没罪？"

"是男人强奸她呀,又不是她强奸男人。"

"妈的,这女人根本就不是好人,五个男人都是她的相好。今儿和这个搂搂,明儿和那个抱抱,叫每个男人送她礼物,着实骗了不少东西。到头来,嫌礼物不够了,告将官里去,说是五个男人强奸她。"

"那么,这个女人也有罪。"

"对呀,我就是不服气。男人都抓去枪毙,女人呢,一条头发儿也没事。"

"你别忘了,现在是在推行保护妇孺运动。"

"总是什么什么运动,你碰上运动,就是你倒霉。哪一个运动没有人倒霉过?就说早些年的那个一胎化运动吧,村里、镇上,损了多少女娃子,现在,咱们村里的年轻小伙子都娶不到老婆啰。"

3

"小红,别到后山的树林去,树林里有老虎。"

"是,外婆。"

"小红,别走到柴堆的墙角去,那里又黑又湿,也许有蛇。"

"是,外婆。"

"小红,香瓜子罐的盖要盖紧,不要漏气。"

"是,外婆。"

"小红,记得在甘蔗上洒些水!"

"是,外婆。"

"小红,削甘蔗时要小心指头。"

"是,外婆。"

"小红,记得赶苍蝇!"

"是,外婆。"

中午的时候,外婆吃过了饭,就去睡午觉了,她要睡好久哩,也许要到太阳差不多下山了才醒来。外婆要去睡午睡的时候,她会把摆在家门口的甘蔗用一块布盖起来,然后一手提着一篮甘蔗,一手提着一罐香瓜子,回进屋子放在桌子底下。到她午睡醒来,她就从桌子底下把甘蔗篮和香瓜子罐仍取出来,挽出门外,放在地上;自己坐在小矮凳上,揭开盖着甘蔗的布,把两包已经用纸包好的香瓜子从罐里拿出来,放在罐面上,依旧做她的小买卖。生意并不太好,不过,每天总有几个人会来买一根甘蔗吃,也有人来买一包香瓜子剥剥。待在门口一早一晚,外婆总能赚几毛钱。有时候,没有人来买甘蔗和香瓜子,外婆就坐在矮凳子上赶苍蝇。小红有几次上外婆家来,就看见外婆用手一拨一拨她面前的空气,走近了才知道她在赶苍蝇。苍蝇是永远赶不完的,除非是冬天吧,到了冬天,苍蝇都不再出现了,而且,到了冬天,外婆也不卖甘蔗了,她只卖香瓜子和花生米,用一张张四方形的纸,卷成一个个漏斗,抓两把香瓜子或花生米在里面,在漏斗口的地方,把纸朝里面折几折,就把一包香瓜子或花生米包好了,这比卖甘蔗方便,因为手不会湿不会甜,也不用拿起一把刀来削。

不用上学的日子,小红常常会到外婆家里来,外婆要睡午觉了,小红就说:让我来替你看摊子吧。小红替外婆看摊子,也看惯了,削甘蔗也挺纯熟的,所以,外婆总是说:好吧,那么,我去睡觉了。外婆真的去睡觉了,她要睡很久很久哩。奇怪的是:外婆一面睡觉,一面还要不停地吩咐小红要做这样，不要做那样，好像一不说，小红就会忘掉似的。说到后来，小红就不知道外婆到底是醒着仍在对自己说话呢，还是已经睡熟了在说梦话。比如有时候外婆起先说的是：小红，外面晒，要不要戴一顶草帽？过一会儿，她却说：看，你头上的蝴蝶结掉下来了呢。小红的头上是从来不结蝴蝶结的。当外婆说"看，你头上的蝴蝶结掉下来了"时，外婆一定在说梦话了。外婆睡午觉要睡很久，她会做很多很多的梦，在梦里，她会说很多很多的梦话，她的声音是很轻很轻的，不过，小红总听得见，除了苍蝇的嗡嗡声，小红听见的就是外婆的声音。有时候，小红觉得，外婆好像不是躺在床上睡觉，她只是躺在床上，面对着身边的一幅白粉墙，不停地说话。整个下午，她只对着身边的墙，躺着，转也不转一下身子，不停地说呀说呀，好像，她正和很多人一起交谈。那幅灰白的粉墙，花斑斑的，显出很多图样，仿佛墙里边有很多人，许多脸，无数的眼睛。外婆一定是和墙里边的那些人说话，她会说：是呀，应该这样做的。又说：还不是为了大家好。一些没头没脑的话，小红听了也不明白。

整个中午,有两个人来买香瓜子,小红就把罐盖面上的两包香瓜子卖掉了。小红掀开香瓜子罐的罐盖,罐里除了半罐香瓜子外,还有几页纸,是外婆放在罐里,用来包香瓜子的。包香瓜子比削甘蔗容易多了,于是小红拿出一张纸来,那是一张灰扑扑的素纸,不知道以前包过什么东西,上面有一行行的皱纹,本来是一张比较大的纸,现在让外婆裁成了小张的四方形,把香瓜子放在里面,倒刚好包成一个小漏斗的形状。小红包了一包香瓜子,继续伸手进罐拿出另外一张纸来,这次拿出来的一张纸,却是很旧的纸,上面还有字,小红仔细看看,原来纸上面印着一个谜语呢:看看像没有,摸摸却挡手,像冰它不化,像水它不流。小红觉得这个谜语很熟,却又记不起在哪里见过。外婆最喜欢把纸留起来了,无论见到什么纸,她都会把它摊在桌子上,用手扫扫平,然后折起来。留着包香瓜子吧,她说。有时候,小红就把旧的作业簿子拿来给外婆,让外婆一页一页撕下来包香瓜子。小红把手上的纸翻转来看看,啊,上面竟是一首诗,很熟悉的一首诗哩,小红记起来了,这首诗,是小红二年级国语课本里面的诗,二年级的时候,小红参加过学校里的诗歌朗诵比赛,得了第二名,念的就是这首诗。隔了那么久,忽然见到这首诗,小红是多么高兴呀,就像见到了老朋友一样,于是,小红就拿着纸朗诵起来:

孩子如果已经长大

就得告别妈妈,四处为家

牛马有脚,鸟有翅膀

植物靠的啥办法?

蒲公英妈妈准备了降落伞

把它送给自己的娃娃

只要微风轻轻一吹

孩子们就纷纷出发

苍耳妈妈给孩子们全身武装

穿上带刺的铠甲

只要挂住动物的皮毛

就能走到田野、山洼

豌豆妈妈更有办法

她让豆荚晒在太阳底下

啪的一声，豆荚炸开

孩子们就蹦蹦跳跳离开妈妈

　　小红读到这里，把一页纸上的字都读完了，她记得，诗好像还有一段，不过，没有另外的一页，就读不下去了。小红一面看诗，一面想：孩子们告别了妈妈，到哪里去了呢？如果是小红自己，那她一定到外婆家去了。小红把罐里的纸页都拿了出来，所有的纸都是灰扑扑的那种素纸，上面一个字也没有，另外有一页纸，却不是和诗相连的一页，而是一页写着铅笔字的作业，这些作业，是二年级的国语作业簿里的，小红看了一会，记得是自己以前做过的。原来到现在，外婆家里还留着小红二年级时候读过的书呢，小红看看自己以前的功课，成绩倒不错，有九十多分，小红觉得，二年级的时候，她的字还真写得整齐清洁，一笔一划，仔仔细细的，不过小红记得，默书的时候，老是把武装的"武"字加多了一撇，改正过许多次，但在课后作业这一页纸上，那个"武"字竟一点儿也没有写错。此外,还有一点比较特别,小红看见纸上除了填字的地方写了字外,空白的地方,还画了一些花朵,小红现在仍常常在课本里画飞机和船,原来读二年级的时候喜欢画花朵。

※

外婆家的厨房真黑,窗子又高又小,光线只能透一点儿进来,下雨的时候倒好,雨水并不能打进来,不过,晴天的时候,阳光也照不进许多来。厨房的墙本来都是灰白的吧。现在都是黑黯黯的了,外婆用的是柴炉,一生火就满屋子烟,外婆的眼睛不大好,一定是给黑烟熏坏的。厨房的小窗底下是一个水缸,这个水缸以前比小红高大,小红踮起了脚尖也拿不到缸面上放着的一只碗,现在,小红比水缸高了,她可以站在水缸前自己舀水喝,只要掀开缸面的木板,把碗伸进缸里面去一舀。缸里的水很凉,天气热,喝一碗凉水,真解渴。有时候,夏天里小红想吃西瓜,外婆就把西瓜洗干净了,浸在水缸里,外婆说：就和冰镇的一样。天气的确热，小红走到外婆家的厨房里来舀水喝了，本来，小红可以吃甘蔗来解渴，但甘蔗是外婆做小买卖的，小红不应该吃，口渴了，还是到厨房里来舀水喝吧。这真是一个大水缸，缸面上的盖，好像一张小圆桌的桌面，缸盖的一半可以掀起来，另一半是不用移动的，上面放着一只碗和一只水勺，如果缸里的水满，小红可以用碗舀水，如果缸里的水少，小红就要用水勺去舀了，因为水勺有一个长柄子。

　　缸里的水真清呀，水缸上面的小窗透进来的光照亮了缸里的水，小红朝水里看，水又平又静，像什么呢？啊，就像刚才看见的那页纸上的谜语吧：看看像没有，摸摸却挡手，像冰它不化，像水它不流。不流动的水是很奇怪的，完全像一面镜子。菱姊姊喜欢看镜子，小红却喜欢看水，看不动的水，镜子和不动的水也真相像，里面总像有许多东西可以看似的。小红朝水缸里看，她看见自己的倒影，脸是圆圆的，耳朵的一边是头发，头发是一条散尾辫，这条辫子，不是菱姊姊梳的了，是小红自己梳的，头上也没有紧紧地扎了红头绳，不过绕了一个橡皮圈，辫子虽然梳得不好,不过,那仍是一条辫子。辫子顶上那蓬蓬松松的东西是什么?这么像一只蝴蝶。噢,原来是一片很小很小的菜叶,外婆洗菜的时候,掉了一小片菜叶在水缸里了,外婆眼睛不好,菜叶浮在水缸阴暗的一边,所以外婆没有看见。小红碰一碰菜叶,菜叶轻轻浮出来,浮到光亮的水面上,浮在小红开始破碎的倒影上,浮在小红飘飘荡荡的脸上。绿幽幽的一片小菜叶,小红把碗伸到水缸里,舀了一碗水出来,菜叶又浮到缸的另一边去了。小红站在缸边喝水,慢慢地喝,一面喝一面看缸里的水,水渐渐的又平静起来了,破碎了的小红的脸也复原了,但这一次,小红觉得水里的倒影沉得特别深,而且只浮着一个头颅,像夏天的时候,外婆把一只西瓜浸在水缸里,那么绿幽幽,圆滚滚。外婆说,杀头就是把人的头一刀劈下来,在地上还要骨碌碌打几个滚,像一个西瓜。如果一刀劈下来的头掉进水缸里,就像一个西瓜浮在水里吗?小红看见水缸里的一个头沉得很深,她从来没有见过自己的头沉在水里沉得那么深,而且那么像一个西瓜。但西瓜是没有眼睛、鼻子、嘴巴和头发的,水缸里的头沉得那么深,小红却看见一张圆的脸,看见眼睛和鼻子,看见散尾辫的辫尾在飘荡,她看见水里的眼睛在眨动,她仿佛还看见水里好像有一只鲜黄色的大蝴蝶在拍翼,使水轻微地抖动,而且,发出叮叮咚咚的声音。那片小小的绿幽幽的菜叶又浮出来了。从厨房出来,小红经过外婆的睡床,外婆仍在说梦话呢,断断续续地,声音轻轻地,面向身边的墙。整个下午,外婆就这么躺着,说梦话。

"大家都是这样做,放到树林里就可以了。"

"不是有一棵很大的榕树么?就是那个地方。"

"见得多了,每个月总有好几个。"

"由祖宗们传下来,也不知有多久了。"

"说真的,刚刚生下来的,不过是些小猫小狗。"

"都是来转世的,要到十五岁,才转定哪。"

"凡是来转世的,都可以拿去换。"

"拿到树林去,放在树下。"

"让地母收回去。"

"地母会换一个回来。"

"灵魂还是原来的一个。"

"只是模样换了。"

"就像播种呀,把种子撒在田里,长出了稻米。但总得先把种子交给地母。"

"地母会不要吗?地母不收的,那就是皇帝了。从前,有个阿弃,母亲生他下来,以为不过是个转世的,就抛在小路上,马牛经过了都不踩踏;把他放在树林里,地母不肯收;把他弃在冰上面,大鸟飞来把翅膀遮盖住。后来,小婴长大了,就做了皇帝。"

小红坐在小矮凳上喝水,一面喝水,一面用另一只手赶苍蝇。外婆的厨房真黑呀,不过,这样也好,小便的时候,就没有人看见了。记得有一次,小红就站在外婆厨房的水缸旁边小便,滴滴答答的水流下水缸的沟渠。那时候,小红的课本上都写着小洪哩。那时候,小红穿的就是汗背心、短裤子,和学校的徐向东、陈大江他们一样,小红也和他们一样站着小便。那次,外婆在厨房里烧水,小红站在沟渠前面,水声滴滴答答地响。外婆说,小洪,你在做什么呀?小红说:我在小便。外婆朝小红这边看了好一阵,没有说什么话,仍继续烧水,那时候外婆的眼睛还没有现在这么坏。那次之后不久,小红学校里的老师到小红家里来见过爸爸和妈妈,而且,早一天,小红从学校里回来对妈妈说:妈妈,学校里的同学说我没有小鸟。老师到家里来过之后,小红的课本上的名字不再写小洪了,改为写小红,而且,妈妈还给小红穿上了一件花布袄,小红记得清清楚楚,妈妈给小红穿上花布袄时,对着小红眼睛傻傻地看,那样子,就像菱姊姊出嫁那天看着小红一模一样。不过,菱姊姊说:你真是越来越像你姊姊了。而妈妈却说:小红,以后不要再到男生的厕所去了,也不要再站着小便。

"噢,叔叔,买一根甘蔗吗?"

"这一根甜,节虽然多一个,不过是蔗尾,最甜。"

"两毛钱。"

"我会削,你看,很容易。"

"我外婆睡了。"

"噢,你认识我外婆?"

"你想问外婆讨老鼠药?"

"是的,很多人都向外婆要老鼠药。"

"我们家里没有老鼠。"

"外婆的老鼠药很厉害。"

"谢谢你,是的,两毛钱。"

"你问我有没有看见一个女人走过?"

"朝树林那边走过去?"

"抱着一个小孩子?"

"没有,没有。"

"没有女人抱着小孩子走过。"

"我一直坐在这里。"

"刚才离开过一会儿,到厨房舀水喝。"

"是的,树林是朝这边走。"

"外婆说,树林里有老虎的。"

不过喝了一碗水,这么快就急了。妈妈说,女孩子不要在外面到处小便,还是到外婆的厨房里去小便吧。先把这块布盖着甘蔗,香瓜子也先放回罐里,等一会再拿出来。回进屋子里,小红仍走到水缸边,蹲下来。不过喝了一碗水,竟有满肚子的小便哩。沟渠淅淅沥沥地响起来了。水缸这一边不算太黑,因为水缸上面有个小窗,堆柴的那边才黑,外婆说,堆柴的角落有蛇。蛇会出来吗?小红看看柴堆的角落,墙那边好像也有一个人蹲着似的。小红有点害怕,急忙站起来,墙那边仿佛也有一个人隐隐地站起来。小红揉了揉眼睛,竟看见一个和自己一模一样的人,浮在墙上。柴堆那边的墙长年潮湿,亮了灯的时候,可以看见墙身一块黑、一块灰,有些地方还长出青苔。不过,厨房里这时候并没有亮灯,那么黑暗,小红却看见有一个人浮在墙上,一动也不动。那是另外的一个小红,头上也梳着一条散尾辫,不过辫顶上却扎着一个蝴蝶结。厨房里这么黑,为什么小红会看得这么清楚呢?小红甚至看见浮在墙上的那个小红,圆圆的脸,就浮在一团绿幽幽的青苔上,头发上的蝴蝶结,是鲜黄色的,大得就像一朵荷花。

"小红,小心看着摊子。"

"是,外婆。"

"小红,别让小鸡啄吃香瓜子。"

"是,外婆。"

"小红,如果太阳晒,把摊子移到树下去。"

"是,外婆。"

"阿秀,削过甘蔗的刀,要抹得干干净净。"

"是,外婆。"

"阿秀,你不试试外婆给你做的糯米糕吗?"

"是,外婆。"

"阿秀,你吃吃看,是你最喜欢的豆沙馅子。"

"是,外婆。"

"阿秀,趁热吃吧,糯米糕冷了就不好吃了。"

"是,外婆。"

一九八四年三月

镇　咒

怡芬姑母上我家来，次数罕寡。过年时节，伊不来，娘亲寿辰，伊不来；我们对伊并无禁忌，但伊坚持己见，光选闲散日子出现，而且衣饰斑斓。伊来我家，有时是为了享用一顿我母亲亲手烹调的家乡菜，有时纯为了带几幅符体回去，亲戚之中，求我母亲画符的，如今只剩怡芬姑母伊一人。不管是为了哪一桩事体，母亲一见伊来，端过清茶，迎伊上坐，即步入厨内，登时传来一片瓶钵盘盏的瓷声，过一阵子，她手拈一个耳杯出来，径自走进她自己的房间去，也不关门，就在内里忙碌起来。我们知道她会取出砚台、墨段、毛笔和纸张，发一池浓墨汁，然后提起笔，背默当年祖母秘授于她的符样。母亲画符时，谁也不让看，这个，我们做女儿的从小就懂得，那可是我家个个人都得遵守的戒律：祖先的符咒，只传媳妇，不授女儿。所以，怡芬姑母总是对我摇头道：竟像是家丑了。我年幼时喝过不少符水，那时际，只要我偶尔体乏人呆，母亲就用朱砂在黄竹纸上画道符体，念一遍咒，把符化成灰末，用开水冲上一大碗命我喝，我喝了，身子没有特别好，可也没有特别坏；倒是后来，七叔出洋回乡，认为这一切皆属胡搅，见我生病，即押我去见医生，又带我入学读书。许多年后，我也和我七叔一般说话：符灰又不是药，哪里可以治病，最最不科学。怡芬姑母对此叹一口气说：少壮年轻，谁不笃信科学，不过做人做到如我这般年纪，看法就有差异。伊说伊不是不信科学，却是更信冥，冥就是冥冥之中，自有一种人人不能明白的安排去做就一切，连科学也解释不来，就像伊为何不是一只枇杷果，为何不是一个蝈蝈儿，为何不是一根莲藕，都是由于冥的因由。

怡芬姑母来我家时，我正在一面翻看一本厚重的画册一面看电视上的新闻简报。有一则新闻述说马荣火山爆发,山脚下的居民纷纷疏散。这使我想起一个被埋在地底如今已被发掘出来的庞贝,全城忽然遭劫,没有一人幸存,无论人兽禽畜、花草蝴蝶,统成化石,可能这就是怡芬姑母所说的冥的因由。新闻报道说马荣火山以前爆发过,迁居他乡的人们后来仍回聚原处,这个情况令我惊诧,既然这是一个火山口,人们何以要居住在山脚上面,岂不知地壳变动永无休止么?火山爆发是必然的事实。人们选择在火山口定居,难道有无可奈何的理由?新闻报道之后,我仍回到我翻开的厚画册上,看一个艺术工作者如何全心全力去包扎数里长的海岸。尼斯派雕塑者克里斯图的包扎概念已经实践了许多年月,自一九六〇年来,这个锲而不舍的人,裹扎过多类的物品,既有酒瓶、铁筒、扶手椅、钢琴、车辆和树木,也有楼梯、地板、店铺、美术馆和邮政大厦,并为一个峡谷悬挂一幅帏帐。我在画册中追踪克里斯图如何对抗风云潮汐,包扎起一道蜿蜒的海岸线,可这壮观绚颖的地景带给我的竟然不是任何美学上的联念,而只使我诧异:人们可以用这样的方法来护卫一座岛屿吗?镇守一座岛屿，真是一个梦想。母亲把她的梦想画在一张纸上拿出来，她把纸提起轻轻吹，细细念咒：天底白云，霭霭来临，先迷日月，后寒乾坤，山山升云，水水升腾……怡芬姑母说：这个就是"生电符"。我曾经问伊：把这符画带回去做什么，难道真个灵验不成。伊也曾答我：也不过挂来看看，比如过年时候，许多人家里都贴上挥春、对联和门神。母亲说：那可是我们的梦想。这时她手中又提起一幅"生雨符"，仍是轻轻吹，细细念：天上水，地下水，五湖四海江河水，升空结云，连降甘霖……

怡芬姑母喜欢吃母亲做的家乡菜，母亲则喜欢听伊讲故事。所以，晚饭时候，伊讲了两个故事。伊说：我们同行里有一位湘西老先生，从前做的是赶尸营生，离开家乡，绝技却无处用，只好找一份和我相同的工作，替死者化妆。他身体不壮，常常咳嗽，人极瘦，个子又小，我一直暗忖，他这个模样，如何能搬运"朋友"？但我从来没有见过他搬运"朋友"。有一次，我运漏了一个，回去补充，却看见一列"朋友"排起队，跟着他，跳进他的工作室去，一个个靠墙会自己站好。接着他开始数数目，嘴里叫着一个、两个、三个……数到最后,看见竟是我站在队尾,失声叹息:唉,我身子不好,只能这样,原以为无人会看见。我在他面前不停叩头,求他把绝技传我。经我苦求,他说他举目无亲,我又一直待他如父,才答应了。又说他人也老了,技能可能由此失传;但他宁愿它失传,嘱我千万不能把它发扬光大,因为人生在世,取性命易,藏躯体难,若是枭雄盗贼都懂得赶"朋友",天下的"朋友"皆可由得他们赶到荒潭野泽,从此无影无踪,什么坏事不可做。又有那些操生杀大权的将相,再也不用建设集中营和煤气室,所有阴险奸诈小人,全可以昂首阔步,逍遥法外了。

伊说,有一天,来了一个外籍"朋友",原先不晓得国籍,后来才知是埃及人。他两位亲人来寻我,请我帮忙,说是这里气候潮湿,"朋友"耽搁太久,恐防有变,因此欲先把他做成木乃伊,与我商量借出地方,容他们在场工作,不想惊动别人。他们翌日即来工作,邀请我从旁协助,坦然展示手势,绝不趋避。我看着他们为"朋友"抽取脑髓、剖取内脏、密缝指甲、浸入泡碱、溶去油脂,数十日后才取出用棕榄酒与草药洗净;其肺、胃、肠、肝,均附一小神像分别包裹，仍放回腹腔；通体涂遍脂膏，腹胁切口处以蜂蜡涂抹，覆以一块金属薄片，上刻圣眼浮雕。"朋友"外躯自指节始，先以细亚麻布包扎，再以布条作环形、螺旋形、对角交替形整体紧缠，共十三层，每层隔别将饰物如项链、胸坠、指环、足镯、臂釼、腰带、匕首裹入，于体陷处，并填以蘸满脂膏布卷，遂成一丰隆之木乃伊。于第七十日，使之背壁而立，为之诵经开口眼。我见木乃伊做成，人立面前，随口说道：若是我们所居之地比邻相接，烽烟静息，倒可由他自己走回家去。埃及人眼睛忽然闪亮道：素仰贵国赶尸绝技，不知可否让我等一开眼界。我遂请他们稍待，出外领若干"朋友"鱼贯入室，他们看后，惊叹不已。明珠听到这里，失声叫道：姑姑，你怎么把绝技漏出去了？手中一个青花白釉米通饭碗砰然坠地，散裂无数碎片。

考古学家在这个地方俯拾中国陶瓷的残片。福斯塔特位于埃及开罗南郊，公元七世纪时，为地中海与北非的政治经济中心。此伊斯兰大都会，市内当时林立七层高的楼宇、气势磅礴的城堡和唤拜楼高耸的清真寺；延绵数公里栉比连邻的房屋之间，蜿蜒伸展曲折迂回的小巷，仿佛迷宫；庭院处处，内有八角形水池，泉花四溅，外有雕饰莲与石竹的墙垣环绕。城中心既有官署、店肆、仓库，更有面粉工厂、玻璃与陶瓷作坊，人们熙来攘往。然而，忽然一日，城内各处装置了一万五千个无釉陶烧石榴形盛满油脂的炸弹，为了抗击第二次十字军东征的进逼，福斯塔特把自己焚为焦土，大火燃烧了五十四天才熄灭。风沙缓缓移侵它的伪足，大城从此酣睡不醒。这古城中，也寂寂躺卧千万华瓷的小铠甲，一片白瓷或一角青瓷，只有它们自己知道，千百年前，如何每年十一月，趁东北季候风起，登上方首、高尾，斛形、四角帆的中国桅船，随着舶商，远离乡土，到达遥远的异国去当最受欢迎的贵宾。如今它们寂寂埋在废墟沙土中仰首东望，白垩纹石灰岩的马加坦山隐隐可见，五千年前，埃及子民在那里割切二百三十万块大石，建筑法老王的金字塔。

姑姑，你怎么把绝技漏出去了？明珠说。没有，伊说，他们只看见"朋友"行动，可不知道令他们行动的方法；就像我看过木乃伊的制作过程，但不会调配那种特殊的香膏,也不会念咒。他们会念咒,和我们的同不同?母亲问。我又不懂他们的说话,伊说,闲谈时问起,只说他们替木乃伊开口开眼时就这样念:请别锁着我的灵魂,请勿关着我的影,请打开一条路,给我的灵魂、我的影子,让它参拜上帝。母亲说:原来影子也要参拜上帝。姑母说:他们埃及"人"原是八位一体,影子是其中一体。首先,人人有一个活在尘世上个个可以看得见的肉身躯体,做"喀特",古埃及人相信人是鱼变的。难怪他们的眼睛都画成鱼的模样,明珠说。和看得见的躯体相对,埃及人有一个看不见的躯体,叫"沙胡",伊说。如果是我们中国人,那就是鬼了,母亲说。伊说,埃及人死后不变成鬼,而是变成一只鸟,叫做"巴",这鸟是人头鸟身,张开宽阔的大翅膀,可以到处飞来飞去。她说,那大概就是我们中国人的三魂七魄。明珠说:聊斋里边常常有一个人的魂魄到处游荡,身体却睡在家里。伊说,人头鸟到处飞翔,要休息时就飞回去,可不是住在"喀特"里面,而住在叫做"卡"的灵体里,"卡"是肉身躯体的复身。母亲说,咦,倒像我们的神仙了。伊说,神仙是住在天上的哩,埃及人的"喀特"

住在地上,"卡"住在地下,另有一个不朽的精灵"喀库",其中一个相应部分则住在天上,叫"塞含姆"。哎唷,这么多的名堂,我记不住了,她说。明珠说,你不是常常说,天上的紫微星,就是我们中国人的皇帝。伊说,埃及的"人"还有一个部分叫"仁",是一个人的名字,名字轻易不可以让别人知道,免得有人利用你的名字来作贱你。她说,我们中国人就有把别人的时辰八字写在木头人上作法叫人生病的。"魇魔法姊弟逢五鬼",那是红楼梦里的,明珠说。伊说,"喀依比",是埃及人的影子,可以离开人身跑来跑去,影子不可以让人践踏,尤其是敌人。安徒生有一个童话,故事里的影子把它的主人废弃了,我说。

我的记忆中有一个小镇:满街都是杏仁树。花盆里长洋葵。人们喝柠檬汁。蜥蜴在墙上爬。斗鸡缚在床脚边喂养。圣母像糊在檐下。叮当钟响在窗前。午饭之后,人们午睡。每天有四班火车经过。天气很热,各种人依循自己的方式生活,有人躲在家里制作金鱼,有人背负父母的尸骨骑驴上路,女孩子为自己绣嫁衣,革命分子替镇长理发。群鸦乱飞,风暴突然而来,小镇就在旋风过后完全消失。那是一个既真实又虚幻的小镇。我不知道我记忆的是小镇的躯体还是它的灵体。小镇也有一个"巴"吗？当飓风过后，小镇的人头鸟居住在哪里？有星的晚上我抬头看天，寻找一个名字，或者，有一颗星，叫约克那帕塌法。但我记忆中的小镇有另一个名字，名字还是不要让别人知道，免得被人作贱。那地方，常常下雨，雨下起来，绵绵不绝，直至我的整个记忆都湿透。我曾经步过濒海的城市，我相信面水的地方都有城市的影子，像这样：旅人于是看见了两座城市，一座是湖上的城市，另一座是湖下的城市，水上的城市刚好是湖上的城市的倒影。我记忆中的小镇仿佛也有一个会到处跑的影子，我能够感觉它的移动、它的飞翔。我渐渐相信：一个城市，也有八个构成的部分，成为一个完整的自己。那个被淹没的庞贝，我们如今所见的，是它的"卡"吗？它自火里来。我记忆中的小镇从风里去。我不会念咒，我不会裹扎躯体，我不知道如何守护一个物体使它不朽。我看见马荣火山的烟雾，人们纷纷迁徙。那个包裹一条海岸线的艺术工作者克里斯图把我驱离美学的范畴，我只在想每一个小镇都有一个名字，有的且有一个影子，有的还有一个综合的灵魂。

"他们终于带来一个彩绘的木棺。"

"把木乃伊装好。"

"注满香膏，挂上花串。"

"临离去时，他们送我一件礼物。"

"谢我助他。"

"是一幅薄质的苇叶纸。"

"上面有许多图画，红黑两色绘成。"

"图画是莲花、芦苇草、金龟子、鸟羽。"

"水纹、月亮、生命钥。"

"也看不明白。"

"他们做木乃伊给你看。"

"你赶朋友给他们看。"

"倒是文化交流。"

"文化原该交流，不可劫掠。"

"想想雅典卫城的女神柱。"

"米罗的维纳斯。"

"乐蜀的方尖碑。"

"别人的文化艺术,掠夺回来放在自己的博物馆和广场展览。"

"还以为皇上神武。"

"真是羞愧也来不及。"

"从前我们有个汉武帝。"

"发动数十万大军出西域。"

"只为了几匹汗血马。"

"使我妇女无颜色。"

"还是丝绸之路好。"

"陶瓷之路也好。"

"把丝绸、陶瓷传出去发扬光大。"

"把做玻璃、珐琅、织地毯的方法传过来。"

"把乳香、没药、毛绒、皮革传过来。"

"把芝麻、番茄、胡萝卜,传过来。"

"把舞蹈、音乐、图画,传过来。"

"埃及人送给你的,大概是一幅图画。"

"才一本书那么大小。"

"挂起来也看不见。"

"他们什么也没有说过？"

"有一个人好像说过。"

"说什么？"

"什么阿蒙的什么咒语。"

"图坦卡蒙的咒语？"

图坦卡蒙，埃及第十八王朝的第十二代君王，执政时处于政敌纷争的时代。依照埃及的传统宗法，故法老逝世，若是没有子嗣，即由女儿下嫁一人，其夫循例擢升为埃及帝主。图坦卡蒙登基，完全因为他被选中为法老第三个女儿的丈夫，当时他尚年幼，只得九岁，其统治年期也极短暂，不知何故，在十八岁时死亡。年轻的公主向国外希狄族另觅夫婿事败，不得不改嫁手握大权的年迈外祖父。血婚原为埃及王室历代普遍遵循的传统。在埃及史上，图坦卡蒙是一个微不足道的皇帝，不过，其陵墓为帝王谷中唯一没有受到盗贼彻底洗劫的地下寝宫，一九二二年，由英国考古学家霍华德·卡特在加纳凡公爵资助下合力发掘出土，殡葬虽草率，但仍显示帝王的威仪，木乃伊之黄金面罩与八重棺椁，包括纯金体形雕棺，举世为之震惊。更令人惧栗的还是盛传的图坦卡蒙的咒语。相传祭司为木乃伊开眼开口时，均念永生咒语，而墓室处处皆有文字符咒，一个简单的铁枕上也铸有"起来，抗击你的敌人"的图字，重重棺木上更绘刻埃及神灵展翼护守。图坦卡蒙陵寝被发掘后数年间，除霍华德·卡特一人，其余参与考古工作者、摄影记者、移动棺木者，甚至到现场参观的比利时公主与王子，不久都离奇暴毙，不是自杀，即身遭不测，死因不明。公爵本人未能目睹木乃伊开棺，即遭虫蛰身亡，脸上的伤痕与图坦卡蒙左颊疤痕的位置相同；又死时，开罗全城突然无故停电，工程师事后一直查不出原因。公爵家中的夫人、内弟、护士不久也有因精神病自杀，或离奇死亡。考古学家美衣斯在放置棺木的房间墙壁上凿洞时，全身虚软，倒地而死；一名新闻记者为了拍木乃伊透视片，在拍摄前一刹那，窒息死亡；考古学家怀特博士步出墓室后，心情非常恶劣，数天后自杀，遗书写道：我中咒语而死。自发现图坦卡蒙王棺，到取出木乃伊之三年零三个月后，进过墓室的人中，只剩下卡特一人还活着。

"姑姑,那幅薄纸呢?"

"我带回家,随手一塞,好像夹在一本书里。"

"哪一本书?"

"怎么记得。"

"你的书,说多不多,说少不少。"

"你想看看?"

"我好奇。"

"如果那幅薄纸真是咒语,让它守护那本书好了。"

"叫所有盗印的人,肆意掠取别人成果的人,漠视版权的人,都受到咒语的惩罚。"

"你常常扔掉一些书,苇叶纸会不会不见了?"

"没有,今天无意中翻书,又发现了。"

"在哪里?"

"原来夹在肥土镇的地图里。"

"可惜那不过是一页薄薄的苇叶纸。"

"我宁愿它是护镇的咒语。"

"咒语又怎的?"

"赫赫皇皇,日出东方,天阳地阴,吉曜流光,司命神灵,永镇四方。咒语一定会保护肥土镇了。"

"说来你也许不信,当我翻开地图,发现苇叶纸上面的图画一个也不见了。"

"颜色不牢固,日久褪色。"

"不是,是叠印扩散到别处去了。"

"何处?"

"都溶入肥土镇地图里面的山脉、河流、铁路、车站各处去了。我看见飞鸟在山巅,莲花在水道,羽毛沿着铁路飘洒,月亮自海面升起。"

"它们会守护肥土镇安定繁荣吗?"

"可惜那只是一幅薄薄的苇叶纸。"

"刍狗只能怀育美丽的幻想。"

一九八四年十月

图特碑记

引 言

尼罗下游左岸,西北偏西,濒撒哈拉沙漠边缘,有锡瓦、拜哈里耶、法拉法拉、达赫莱及哈里加五处绿洲。自拜哈里耶以东,至哈里加之间,为著名之阿布穆哈里加大沙丘,长达三百五十公里。自有人类历史记载,此沙丘即以蜗龟之速,每年向前推移十米。七十年代初期,因大漠长期漂动,波及沙丘腹地,披露一系列玫瑰花岗岩石壁,都六十七面,以三手石叠砌,高三或四米、宽七至九米不等,其上遍刻象形文字;又第六十七面正壁,只寥寥数语,壁前屹立一尊朱鹭其首人形化石。经考古学者鉴定:此乃古埃及众神书记图特。昔困守丘壁,孜孜刻石,几穷一生心力。史家遂称石壁古刻为"图特碑记"。

余曩客埃都,尝习古勿斯里文,近获碑记拓本,循读再四,茕茕然心有所伤;碑记者,悲记也,去古虽远,唯旧创犹存。因迻译此记,存其梗概,藉以咏怀而已。陈希生谨识。

※

圣甲元年,泛滥季第一个月,第二日。傍晚时候,族长瑞伊、星人巴勒法、书记图特和金乌族长老三四人站在尼罗中游西岸河边。巴勒法拿着一只漏碗,每当碗中河水漏尽,各人便俯伏红土地面,侧耳细听,隐约感觉大地震荡,仿佛群兽奔腾。各人一直逗留到深夜,终于看见河源尽处,天狼星起。族长神色凝重地说:是时候了。示意图特击鼓鸣警,召集全族老幼迅速离开家园,又分派长老点燃浓油火把,镇守村舍出入要道,指引族人避徙丘陵地带。不久,村郊路上,行人鱼贯不绝,或头顶壶罐,手挽筛箩,或背负老弱,担架病残;又或驱牛赶羊,运驮粮食种子。金乌族众数千,但秩序井然,这边匆匆覆转盆、钵、锅、盏,掩门闭户,那边急急抖散一个个渔网,把室内杂物团团裹束,绑在柱边。霎息之间,打点妥当,全族人众撤走得干干净净。这时,河岸附近的公羊、角牛、河马、胡狼等族,犹在睡梦之中。

先一日,公羊族长木克拉阿与族众数十人,刚从边邑贸易回来,七艘货船装满了木蜜、烟草、皮革、岩盐、泡碱等物,其中还有特别选办回乡的名酿狮子奶,于是邀请族中长老都来品尝。狮子奶色白如乳,芳香非常,入口甘醇,木克拉阿一面讲述边城风采,一面不停劝酒,午夜未至,人人醉倒。这时,族人阿蒙恰巧在河边放牧,睡到半夜,忽然觉得羊群骚动,急忙起来巡视,却看见满天红鹤翱翔,又看见对岸远处火光闪烁,好像一条蜿蜒长蛇沿着山脊漫游。想了一想,顿然明白过来,掉转头便向村中飞跑,来到木克拉阿住所,但见所有人都烂醉如泥,推捏不醒,只有满桌苍蝇围着甜瓜果碟嗡嗡飞舞。倒是阿蒙情急智生，解下一人腰间犀角，爬上屋顶呜呜吹响。不久，全族终于醒转，还以为有酒食分派。哪知鸿泛已到，汹涌上岸，族人一片混乱，到处窜闯，也不知如何走避。登时间，村舍田间，牛羊夺路，猪犬争鸣。阿蒙赶回河滩，顾不得羊群咩叫，涉水至没胫的地方，解缆放船，用力拖起一长串艇只，沿途大声呼叫族人回村救援，总算召集得许多壮士，一同逐户拍门，破窗入室，把困在房内和瑟缩屋顶的族民一个一个送到安全的高地。再到木克拉阿家中时，水已没入胁腹。一夜纷扰，转眼天亮，尼罗两岸平原都变成鱼的领海。炊具、食器混杂了泥沙、砖块在河心滚滚翻腾；布帛、衣衫与破碎的草席随水漂浮，倒有一些鹅鸭，昂昂然在波涛中畅泳。点算人数，幸好伤亡不重，不过牲畜散失，口粮就没有着落了。

木克拉阿稍醒，只顾说：好酒好酒。阿蒙没有办法，再征集族中壮士，撑船穿逾激流，向对岸金乌族借粮。金乌族长瑞伊慨慷相助，遣派两艘平底船，一艘载的是干粮、鱼叉、镖枪和网罟；另一艘只载羊只，可以供应羊乳。公羊族人于是先围捕水中鹅鸭，然后清捞翻白了的河鱼,又用网罟猎罩红鹤羽禽。最后,可吃的都吃尽,只得向河神告罪,拿晒干的河鱼充饥。四十日后,洪水稍退,族中成年男女都到低洼地带围砌堤坝,阻挡洪水回流,又筑许多蓄水池储水,留待以后灌溉农田。再过几日,族人才络绎回返村中,清理房舍,整顿家园,筹备播种。这次河泛,洪峰高达二十三手,流速疾劲,和往年很不相同,但也留下大片黑土,甚至延展山边地区,丰年可以预卜了。木克拉阿醉酒误事,被族人罢去职位,公推牧羊阿蒙为族长。阿蒙当上族长后,亲到金乌族致谢,并且带备公羊蜷角、胡须相赠,希望与金乌结为兄弟族,以后两族有福共享,患难相扶。族长瑞伊欣然订交,命图特把这件事志记湿泥黏土板上,晒干后嵌在族长屋内大堂的正面墙壁。

圣甲二年,收获季第三个月,第十六日。这一年,尼罗两岸谷地,果然大丰收,金黄麦子漫漫田野,水晶葡萄累累棚架。金乌族人首先选择收割后的一片大麦场,用泥土混拌禾草,塑造坯胎,晒做砖块,砌起一座大碑台来,台前还插一支等八人身高的长木,象征日神的光辉。砖台上面,放满了莲蓬、橡子、石榴、椰枣、香花、麦酒、橄榄、无花果,及各类煮熟的肉食,台下四周,则堆满连枝带叶的高粱、麦子、豆荚、苜蓿、水稻、芝麻种种农作物,又有成箩的鹅鸭、连群的羊只。祭祀正日那天,天刚发白,族人不分男女,个个身披薄纱凉衣,腰系细麻白裙,颈上垂挂花串珠环,身上涂满油膏,发上顶着莲花蕊香脂囊,各带一类食物呈献砖台上。于是轮流绕着日杆,牵手唱歌踏舞。每唱一曲,长老则携一个载满葡萄酒的木桶,走进围圈,依次叫人伸手入桶,取木碗喝一盅酒。酒罢,又再歌舞,直到艳阳丽天,日光直照木杆顶端,则见族长瑞伊披兽皮、戴假发,命图特把写好的祷文呈上,大声朗读,颂赞日神,辞曰:大哉日神,光耀下方,披我衣裳,盈我粮仓,丰年奕奕,大神是赏,我献我有,神其来飨,有糕有饼,有酒有浆,有头有尾,鹅鸭牛羊,大神饱醉,沃赐皇皇,长佑我土,永振我邦。族长站在祭坛前祷告,七名长老则手持薰香炉围绕砖台步行,并把三色彩带束结日杆上面。接着,另一长老牵过一头公牛,带到祭坛前面,族长瑞伊手起斧落，正想宰牛祭神，忽然空中落下许多飞蝗石，而河畔一片等二人身高的芦苇丛中立即冒出一群山野蛮人，纷纷投掷卵石、梭镖，高举狼牙棒，杀奔前来。金乌族人空手赤拳，无法抵御，只有族长一人挥舞石斧，挺胸冲出应敌，其他人急跑回村，取得镰钩、长矛回来时，蛮子已经劫去大量祭神贡品，还遗下遍地酒浆、瓜果和花朵。族长瑞伊腹背受敌，寡不敌众，族人抢救回家，双脚俱伤，不能行走，立刻命人过河向公羊族报讯。

据传尼罗南部源头，共有两道河流，一条是灰白色的白尼罗，一条是褐绿色的青尼罗，两河赋态不同，一急一缓，动静流淌，再汇合为一，流经几处瀑布，漫展中游河谷。平原各部族居民从未溯洄到过大河源头，偶然有三数渔人、猎人，迷路到达一个瀑布所在，只见沿岸悬崖峭壁，罕无人烟，是一处秃鹫也不前来觅食的地方。稍远一些，则是急流、浅滩和斑驳陆离的石屏障，极远之处似有一片密林，猿声遥闻，巨蟒出没。这地方，后来由一群蛮子聚占，赖畜牧捕鱼为生。蛮子衣不蔽体，发如飞蓬，浓眉大眼，手脚、耳鼻都悬垂铜环，在日照下闪闪生光。瀑布一带，山多地狭，本来短缺耕地，加上没有鸿泛，田土更见贫瘠。蛮子登高远眺，自然看见河谷平原绒毯似的阡陌，郁郁葱葱，因此时时偷渡过境，抢掠农畜，仿如洪水，随降随还。这些情况，阿蒙也早有所闻。阿蒙来到邻族，决定与金乌族共担外患，并且亲自带领几个勇士前去探察虚实。不久，详悉蛮子匿居河畔峡谷，人数不过五十左右，并无首领，抢得食物，也不均分，只管你争我夺，据为己有。至于武器，既有石有斧，又有长矛、梭镖，另有一种架在弯木头、直绳上呼噜发放出去的长针。阿蒙一一描述报告，两位族长均同意蛮子虽是乌合之众，可是性情凶悍，又有奇怪利器，不宜力拼，只派勇士二百，谨守在村口。等到日落河西，猜想蛮子饿了，便叫一群农妇驱赶羊只四散吃草，又牵二三十匹毛驴，背驮许多狮子奶和惹味异常的浓香肉食，来到峡谷入口附近，统统抖散摊开，散放田畦。蛮子果然蜂拥来抢，禁不住酒香，就地吃喝起来，乐不可支，也不去捕捉羊只，追赶女人，不到一碗水漏时间，全体吃醉成擒。

　　当晚，两族一同举行大庆功，就在峡谷入口处大空场上，围挂幔帐，竖插熊熊火把，族人都自携垫席围坐，烹调无数美食分享。这边人人喝麦酒、吃黍饼、尝瓜果，那边有盲乐师弹奏竖琴、铃鼓，吹双簧管。中间空开的场地上则有许多苗条纤纤的女子随着乐曲起舞。酒过数巡，族长瑞伊撑扶拐杖站立，大声宣布：自己已经年老，决意从此退位，并将女儿许配公羊阿蒙。金乌族长并无嗣子，只得一个天姿国色的女儿穆塔，按照族例，凡是娶得穆塔的男子，就是法定的族长承继人。这时，穆塔刚好在附近荷花池畔接过一朵白莲，忽见族人走来呼唤报喜，缓步走进宴庆篷帐之中，垂听父亲把自己许配公羊阿蒙的消息，脸色素白一如手中的莲花，默默不语。族长瑞伊把自己身上披的一幅豹皮挂搭阿蒙肩上，说：从前你一直牧羊，今后就请你为我牧民。围帐内外，人人举杯祝贺，两族人同声欢呼大哉阿蒙，从此尊为共主。

圣甲第三年，第九月。河谷节刚过，长老瑞伊举荐族中最好的种田人、织草人、养蜂人、酿酒人、做砖人等协助阿蒙。族长于是和量地人一起量度河泛后的土地，均分耕田、开阡陌、挖灌沟；又与种田人教民用牛犁田，没有牛的就采用耦耕法，并且依照季节，冬季种植小麦、大麦、苜蓿、亚麻和豆类；夏季种植玉米、高粱、水稻和芝麻。农忙时候，族长亲自帮助族人播种，驱赶羊群下田，把种子踩踏入土。播种后，族长与做砖人在村中空地上造了一列大粮缸，旁边置梯攀爬上落。稻麦储藏后，缸口都封上涂泥，令洪水无法侵入。除种田、畜牧外，族长奖励各行各业，族人全按自己的才能做事，不断研习深究，常常创出新的东西。族长每日清早起来，就到田野里巷，看族人养蜂采蜜、捕鱼取蜡、烤面酿酒、搓绳织席、建屋做船；看见妇女在河边洗衣，就为他们划草筏至河心驱赶鳄鱼；小孩子眼睛发红，就拿盖苏姆草放在水中煎熬，用蒸气为他们薰疗。族中有人病倒，每每进入房舍问候，手执拂拭，赶拍蚊蝇。日日如此，并不稍息。只到日暮天凉，偶遇理发师经过，就坐在树荫下剪发，一面与村中父老对弈五十二棋；族中儿童都来拍肩抱膝嬉戏。有一天，皮匠赫尔巴缝了一双韧皮凉鞋送来，族长舍不得穿，竟拿一条绳子串起来，分挂在肩上。街头巷尾常常可以听见盲乐师弹奏竖琴,一面吟唱:高高大大呀,一个阿蒙,帮我耕田,教我播种。强强壮壮呀,一个阿蒙,给我打水,助我搬送。说说笑笑呀,一个阿蒙,替我划船,渡我过河东。和和蔼蔼呀,一个阿蒙,薰我艾草,医好了我的头痛。

蛮子曾经留下奇怪武器,族长于是释放两个俘虏,详细查询,找来织草人、削木人、金工、铜工,一起合力制造,称长针为箭,绳木为弓,弓上还镶上兽角和韧皮,箭支都用苇杆,头上包裹铜镞。族长想起蛮子可能时时侵扰,必须训练族中男子保卫家园,因此想出御敌兵法:以五个人排列一行,纵横五行,共二十五人,合成一个基本方阵。阵中又依武器长短分做三类兵种:啄兵执斧,站在最前线;刺兵持矛,立在中间;射兵挽弓矢,殿列最后。勇士都佩备镰钩或护盾,相辅进退,灵活变动。丰收节后,蛮子果然又抢掠,这次,族长不请他们喝酒了,带领训练有素的步卒迎敌卫土,在峡谷之前,摆下一百个五人方阵,忽然独自步行,忽然两两并进,见到蛮子冲来,方阵突然展散,长蛇变成蝎子,最前的方阵向两边雁行包抄围攻,把蛮子死命钳在中间。这次还击,啄兵勇,刺兵猛,射兵劲，蛮子大败。

岁末，穆塔诞一子，取名康苏。

第四年，星人巴勒法制成天历，分一年为十二个月，一个月三十天，一天十二小时，每年最后的五天是大假日，人人可以欢乐憩息，迎接新年。天历又分一年为夏、秋、冬三季，每四个月一季，悉照农耕编定，分别叫做泛滥季、播种季和收割季。族长见巴勒法有此贡献，遂任命为天文长老，还特别委派他去观察河水，制造一个洪水计，测量尼罗的升降。又有量地人沙杜夫，发明螺旋汲水器，利用桔槔、平衡长杆，把水桶和大石分系横梁上，可汲取井水。族长立刻赐田十绳以资奖励。这年，图特经过长时期的尝试，终于可以用水草制成纸页：取水草茎，削去外皮，剖成片状，排列板面，纵横交叠，然后用石敲打重压，乃成纸片。水草纸轻如布帛，可以舒卷，比采用泥砖书写方便许多。除了纸，图特又以芦苇杆做成笔，炭灰做成干墨，每次写字，只要用水调开干墨就行。族长即命在织草场设立水草纸作坊，大量制作纸、笔、墨和水钵；又任命图特做采歌行人，到各处里巷去收集民谣录写在纸上，汇卷成歌集。同年冬，木克拉阿做出一辆双轮战车，以四匹马在前拖曳，车有两个大辐轮，转动灵巧，既可前进，又可后退。族长大喜，立刻在河边平坦的空地上，架立四面铜靶，亲自登上战车，鞭马疾驰，然后在战车上张弓搭箭，连发四矢，箭箭射中红心，穿透靶面，没羽而入。族人莫不惊叹，有人赞道：奔马踏踏，战车隆隆。振振族长，赳赳阿蒙。左手搭箭，右臂引弓。其力如狮，其疾如风。黑兔赤狐，即发即中。

族长既有战车，于是与量地人辟拓广阔驰道，又在大空场上练兵，创布鱼丽战阵，凡步卒出战，战车居中，前后左右都配一个方阵辅翼，一车四阵，合成一乘。尼罗中游金乌公羊附近，本来有角牛、河马、胡狼等许多部族，一直相安无事，后来胡狼日大，有并吞邻族的野心，经常侵扰过境，伤害人畜。角牛、河马势弱，只好向公羊求援。族长于是率领兵甲百乘前去解困。到了胡地，摆下盘蛇战阵，数千步卒，如一条长蛇，把胡邑重重包围，然后驱战车作先导，发射火油长箭，步卒尾随驾搭云梯，轻易攻入。追随族长的英勇士卒都升为将领，所获俘虏妇女，由族长赏赐为私有财产，各人把这些应杀未杀姑且活留下来的人统称为奴隶，其他大量俘虏则编入军中。所得土地、财物、牲畜、粮食，皆与族人均分。胡狼既亡，牛、马两族都来归顺，每年献上大批贡品，部族虽小，倒有铜鼓、翠羽、夷瓶、象牙等罕有东西。从此，阿蒙之名随河水泛播，远近皆闻。后三年，河谷附近的灰鳄、黑狸、灵鹫等族也相继前来纳贡，尊阿蒙为大盟主。

圣甲第七年。金乌公羊连年大丰收，富裕非常，族人渐多向外发展，与邻族通商，携带亚麻、水稻、水草纸及凉纱等到尼罗下游市邑，交换香料、兽皮、草药回来。出外贸易行旅，或数十人，或过百人，结队而行，循水路或陆路往返，多则三四十日，少则七八日，无不满载而归，只有那些东行深入山区的商人，往往一去不返，留下父老、妻儿在家忧虑。族长得到不少投告，终于决定亲自前往探察，就选拔族中步卒数百，组成搜索队，带备充足粮食、羊皮水袋和武器，进入东山。尼罗东岸平地极端，是一片连绵的山峦，仿佛一堵高屏，把河谷与东土分隔。族长与众人取沙伊卜山谷最低的地方前行，此地除崇山峻岭外，只是浩浩无垠砾石，偶然有几株疏落的棕榈，杳绝人迹。东漠苦热，并无水源，高山与峡谷之间，本来有一些瘦削河道，一年之中，只有泛滥季后的短暂时间可通舟楫，到了旱季，流向尼罗的这些东山水道，都巴巴坦露干河床，岩巘之下，涓滴不存。搜索队平日习惯赤足步行，这时都得穿上草鞋，以避炙烫的砂砾与割足的小石砺。幸好搜索队早有周详准备，而且人人体壮志坚，跋涉石滩，并不退缩，遇到浮沙，就绕道而行；碰上巍峨峭壁，就手足并用，攀爬而上。三十二日，终于迈过一道珊瑚礁障，前面豁然开朗，无穷无尽的蓝色呈现眼前，竟见东海。

东海不似河谷，站在海边，看不见对岸，沿岸聚居有马阿札部族，又有白里人和杰希奈人，体肤习俗，都与河谷部族不同。有的人编发纹身，有的人布帛裹头，大多数人出海捕鱼，磨蚌壳为刀，晒海水为食盐。海民见陌生人至，都来围观，忽听得有人呼叫阿蒙名字，前来相认，原来是一位公羊族人，泛滥季前穿逾险道，其他同行的人已在艰苦途中身死，自己不敢再循原路回去，因此留居海边。于是带引搜索队搭帐幕居住，到处观看，又偕同族长阿蒙乘船出海，既见巨鲨展翅，鱼群飞跃，又见大海龟浮游白浪之下。晴日彩丽，海市蜃楼，阿蒙大开眼界。海民曾指海的对岸说：那边有千城万邑，土地广博，难以算计，至于异兽珍禽、珠宝玉石、各式新奇事物，从未见过，是个想象不到的花花世界。沿岸部族，性情和善，不似瀑布蛮人，知道有河谷族长莅临，都分别来邀请聚宴，并且赠送礼物。族长在海邑居留一旬，与族人仍循来路回返，沿途一面采取平坦的路途，一面开凿水井、敷设水站，以便日后行旅经过。这条峡道形如一个浴盆，遂被称为瓦迪哈马马特峡道。族长回到河谷，带返珊瑚、珍珠、贝蚌、海盐、柽柳木、树胶等物。此后，不时派人补给峡道所需，兴修小驿站，往来商人渐渐增多，沿海部族也有到河谷来贸易。

第八年，蛮人大举来犯，族长命图特作《征蛮》，亲祭战神，然后率众迎击，在平原之上，布鱼丽之阵，蛮人不敌，节节失利，退返瀑布地区。族长乘胜追击，带兵南下。尼罗上游一向多峭壁，战车不能行，于是弃车用船，溯河而上，大河行舟，逆风则顺水，逆流则顺风，行速始终不减。不久，至瀑布下。各人举起草舟，抬在肩上，攀山而行，到得上游，仍把草船放下水中。和蛮子大战瀑布之上。公羊金乌战船，一艘艘在河中首尾衔接，海船划手二百，战士四百，都穿镶皮腰裙，手持弓箭。战船两旁密密竖立草盾，本来只用来保卫划手，却意外收集了许多矛箭。蛮人船只，只有风帆，并无船橹，转动困难，短兵相接，不是被大平底船撞沉，就是被对方伸展的捞戈、长矛围困，脱不得身。族长阿蒙走出帷帐，站在船首指挥，一如平日出河洲大渔猎，把敌人看作河马、鳄鱼。蛮人再向南退。族长水陆两路追索，深入尼罗上游腹地。

瀑布上游，河道渐窄，河水湍急，疾速泻下凸凹不平的岩石和浅滩，水上不能行舟，各人就沿岸边的密林上行。密林地带景物与峭壁区完全不同，到处是参天的榕树、桉树、棕榈，姿态挺拔婆娑，地面则布满水蕨植物和野生花朵，甚至有蓝色荷花，静静在林中湖上伸展柔姿。彩禽扑扑，毫不惧人，海鹰停在树尖，盯瞪水面，朱鹭垂下弯刀般的利嘴，塘鹅、鹈鹕、苍鸢、白鹳到处飞翔，木犀鸟拖着笨重的身体腾跳。尼罗上游之地，往往一边是莽莽密林，一边却是起伏山峦，形状怪异，山顶积满火山喷发后的花青岩，像一棵棵发芽的仙人掌。族长与众人沿岸行走，到达第二瀑布，远远看去，水流如练，低沉咆哮，河谷都被漫漫的云雾水汽笼罩，四周一片潮湿，瀑布之下流水不住打旋，翻滚如沸水。瀑布自悬崖之上直跌下来，仿如一幅布帛，竟有黑色小鸟，展开粉红小翅，闯入浪花之中，水帘中间，浮起一道彩虹，好像团团旋转的烟花。第二瀑布之上，流速更凶猛，河道切割极深，连河岸边也不能行走，岸上一边是峭壁，另一边是茫茫矮丛林，连结一片大沼泽，植物在水中耕缠结葛，小船也不能通过。到此，族长才肯止步，命图特在瀑布之上立一碑石志记战迹，辞曰：圣甲八年，夏季第二月第十日，在大神光照之下，公羊族长阿蒙大败南蛮于此。凯旋归来，群黎手持花束、果浆夹道相迎。尼罗上游本来是金石之乡，盛产花岗岩、黑闪岩、绿松石、天青石，又多白沙岩、雪花石膏。蛮子普遍披戴鼻环、手钏，金光灿烂，华丽逼人。

族长因此派人驻守瀑布一带,广开矿井,辟建许多淘金场。

收获季后,农事憩息,泛滥季近,族人联群结队,都到尼罗上游瀑布地方,开采矿石,等到鸿泛一起,便放下苇筏把石运到河谷。草筏居中,左右各有船只护航,顺流而下,聚停河边。洪水退后,矿石留在谷地,黎民都来解石磨琢,将一块一块大石互相砌叠,为阿蒙兴建大宫。建筑工程浩大,工场之上,依图则先挖基土,填满碎石,然后立柱,每砌一层石块,就堆一层泥土,直堆至等十人身高,放下过梁,加上顶盖,然后把泥土一层一层移走,果然造成一座巍峨的宫殿:黑石为基,青石为天,绿石为柱,白石为墙,黄金其门,玉石其座。众人簇拥阿蒙进入,兽皮短裙围身,假发笠头,蛇形抹额束耳,颈垂十二重璎珞珠串,指套八族徽环,全身缀满臂钏、脚镯、护趾;腰佩玛瑙青铜短剑,足蹬缕金凉鞋,左手持镶嵌紫水晶的黄金牧杖,右手握阿玛琮石三节拂拭式打禾杖。长老瑞伊把圣甲虫护身符挂在阿蒙胸前,又以配假胡须的皇冠加冕。黎民无不欢呼万寿,颂曰:大哉阿蒙,赫赫威武;日神其父,战神其姆;璨若星辰,光耀我土;皇皇天下,子民无数；如鸟如鱼，如麦如稻；美哉族长，壮哉法老。法老，大宫室也。于是酺庆天下，花果盈市，人人歌舞达旦，足足欢腾了两个月之久。

圣甲第九年，收获季第四月第三十日。天降一块大石，形状像一个麦饼，法老说：这是大神自己选择的地上家园。于是把大石供奉为祭坛，附近辟为庭院，庭院两边，筑立对柱。又从矿石场开采两支巨大的花冈岩，每支等十人身高，方底尖顶，代替日杆竖在石前。立柱顶端，特别包上金箔，旭日初升之时，河谷仍然呈现鱼肚白色，唯有柱顶金光四射，肃穆庄严。祭坛之后，法老命石人盖一宽室，作为大神的圣殿。另在庭院左面大空地上建造僧侣房舍、储物室、粮仓、屠房、羽禽水池及圣湖；右面则筑砌许多个别神龛，立角牛、河马、灰鳄各族神祇，并且供奉大地女神、丰收女神、河谷女神、冥神、爱神、战神等圣像，黎民都可前来自由拜祭，神殿附近百绳土地，都归僧侣打理，辟有果园与耕地；立长老瑞伊为大祭司，选占星人、读经人、解梦人、巫人、乐师、歌手、书记、石匠、画师、监工,专责执行圣职,每年另选各行业人等,轮流服僧侣役,四月为期,入住神殿之中。到了岁末,法老又在神殿内设书记学校,命图特选优秀子弟习文识字,计算绘图,并令王子康苏入学,拜图特为师。康苏眉清目秀,年纪尚幼,束一横辫,垂附耳侧,为人勤奋好学,聪慧灵敏,酷肖母亲。早一年,法老冬狩,曾携王子康苏同行,王子年幼,不能挽弓,法老以为怯弱无能,于围猎时,获斑马、羚羊、箭猪、山兔无数,王子不忍,抱驼鸟之颈不放,法老不悦。狩猎之际,法老获一白狮,饲养宫中,时时带随左右,每次出市,必携狮同行,黎民惧,不敢近。

第十年,播种季第三月第十二日。一只双头鹰不知从何处飞来,停息在战神芒杜右肩上,法老认为这是大神的隐谕,决定兴兵征讨神鹰族。大祭司瑞伊进谏说:神鹰族奥塞里斯,为人善良,爱民如子,与邻相睦,请息兵甲。王不听,挥军北伐。神鹰部族一向居住在尼罗中游东岸,位于金乌、公羊下游的阿比道斯,故族长葛布生二子二女,立长子奥塞里斯为阿城王,封次子塞蒂为河西侯。河西地接沙漠，农地贫瘠，塞蒂早怀异心，伺机叛变。这年，阿王奥塞里斯遵父遗命，出海向东土里百尼安城求取上佳木材，为河神夏比制造圣舟。阿王带备珠宝玉石，率三百随从出海求索，国事交付王弟塞蒂摄理。阿王甫出海，法老大军逼临，离阿城外三十绳的地方扎营。入夜，法老饱飨军士，息灶灭火，漏夜陈兵，以纵横百人之数，布下三个十千人方阵，左军一律白盔白裳，白矛白盾；右军则黑盔黑裳，黑矛黑盾。法老居中，全军皆金。每个方阵横直各有百卒，最前一排共站百卒长一百人，分别手执旌旗、皮鼓、铜锣、号角。法老凛然站立四马战车上面，头戴金蛇战冠，身披赤金宝石盔甲，背负鳄皮箭囊，手挽犀角强弓。金乌大纛，迎风招展，公羊军旗，飕飕翻腾，车前战马全部披戴织锦，遍插翠羽。天方破晓，艳阳初露，满天红霞，仿佛日神展翅降临助战。但见方阵之中，彩旗猎猎，纹章闪闪，法老一声号令，三军击鼓呐喊，声震河山。塞蒂大骇，不敢与接，竟出城请降。法老于是长驱直入，得阿城。阿王闻讯，半途折返，可是城已失陷，只得匿避乡间。法老下令大搜，半月不果。

王既取阿城，挺兵再进，直上阿布提季、迈阿埃、瓦西泰、曼苏拉、札加济格、艾卜努、迪什纳等地，势如破竹，连拔十六城，斩首盈万，将士所献敌人手掌堆积如山。除城池、土地、田产外，所得战车、甲胄、粮食、珠宝、牲畜、俘虏，都以大船队载返，并将七个异族族长倒悬于船首桅杆，其中一人不堪折磨，中途丧生，剩下六人都押到神殿之中，在大祭坛前，由法老亲扯头发，手刃首级活祭。所有战获，半数以上呈献大神，收归神庙，俘虏也拨交僧侣编为田户，神庙由此富可敌国。于是扩建仓库，加筑土墙围护，于小围墙外另加大围墙，大围墙外再立总围墙。正门之前，特别筑起两座等四十人身高的巨形塔门，仿佛两座大山，塔门外面，敞辟一条通道，两旁雕刻一群羊首狮身石兽，镇守神庙。从此，神庙附近方圆数百绳，成为黎民的禁地。每逢节日，僧侣例以木橇抬着神舟出外巡游，黎民才得以趋前祷拜。曾有田人截停神橇投告：神啊，如今你们住在神殿深处，四周都是高墙，我们再也见不到你们了，我们心里有话，到哪里去向你们诉说呢？法老和你们一样，住在宫中，轻易不出来，我们也见不到法老了。大祭司瑞伊得到小僧侣传达黎民的申诉，无法改变神殿的现状，只得在神庙外面盖建一座小神殿，称为耳庙，让黎民可以进去，向神说话，由耳神听后，再转达圣殿诸神。除神庙外，追随法老左右的将领，个个田亩骤增，奴隶倍添，纷纷在京城营建巨宅，所筑房屋，占地广阔，既有门房神堂、东西长廊、大厅小厅、前院后园、层楼阳台、客房浴室，另有牛圈马厩、粮仓作坊，室内地板墙壁，无不彩绘图画，花园水池，遍植蓝、红莲花。然而普通士卒和平民百姓，依旧勤奋工作，艰苦度日，遇上瘟疫荒年，加倍愁苦。许多人家的男子，每每为服兵役，战死沙场，尸骨无存。瞽师的凄凉曲调就在里巷中忧戚传唱：我烧砖兮无片瓦，你买田地营大屋；我织布兮不蔽体，你披细纱凉衣服；你建仓库又储粮，我耕田兮不果腹；我搓绳兮手起茧，你踏草鞋我赤足；我挖池兮汗淋漓，你洒花瓣浸香浴；我削木兮背佝偻，你睡雕床我露宿；你从军兮凯歌奏，我殁沙场妻儿哭。

圣甲十一年，秋季，第二月，第十五日。法老寿诞，命图特手书王谕，走阿城宣布：法老大赦天下。随后又差遣一个使臣前来与塞蒂密语。二十日正午，众人午寐，图特至河畔采集水草品种，见塞蒂引阿王莅临，指河边一艘木筏，说是东海里柳木所作，木质坚固，相信可以用来制造河神的圣舟。奥塞里斯涉水登筏，撑至河心，木筏忽而散拆化为碎片。阿王遇溺，塞蒂在岸上从容静观，等到日渐沉西，捞起躯体，肢解为十四份，埋下首级在岸边，其余部分后来分别弃置尼罗河岸十三处。塞蒂取得白冠，到京师呈献法老，法老大喜，封为阿城大将军。图特目击其事，据实直书：法老扬言赦天下，复命塞蒂弑其君。公诸市里。法老震怒，立刻召见图特，于明堂之上，呼白狮扑击，断图特颈，吞图特头，暴尸河上，下令不准打捞埋葬。图特于是身首分家，流放尼罗，一路随水漂浮。七日后，浮到阿城城郊。阿城郡主艾息施闻得长兄噩讯，到处找寻，遍寻不获，西逾沙漠，东入峡道，却在城郊一个沙洲看见一具浮游物体，纱缦罩身，身上绽泛一朵白莲，急忙网捞上岸，召姊姊尼费息施来救；首级已经不知所终，姊妹二人都没有办法。刚好一头苍鹭飞临，呀呀若有言语，就斩下禽首接驳，图特才得生还，隐居布托城养息。阿城子民知道王遇害后，举城哀恸，妇女散发裸身，奔走通衢号哭，捡拾泥沙，抛向自己的脸面。黎民割取水草仿扎成人身躯体，以纯洁细亚麻布包裹十三重，制成一具木乃伊，放在特别构造的人形彩绘木棺之中，棺面就画上阿王容貌，棺木各处，写满"亡灵书"与咒语，祈求诸神护佑，用船载棺过河西安葬。另以两艘大船，载阿王生前所用的椅、凳、床、座、冠、发、衣、裙、琴、棋、剑杖、战车、弓箭等等，又放备一瓶瓶脂膏、香油、蜜蜡，一壶壶粮食、酒浆。墓穴墙上，遍绘阿王一生事迹。塞蒂见人民如此，心有不甘，抽取壮丁到河西兴建迷宫，凡反叛者，都驱入迷宫之中。

十二年，图特既去，法老封闭书记学校，禁止百姓用水草制纸，除了税吏可以携带笔墨书写板外，任何人不得研习文字。这年，尼罗忽然大旱。

阿城郡主艾息施自从知悉兄长遇害，继续沿着尼罗两岸找寻乃兄躯体，经过一年，得到河神夏比的指示，逐件寻获，由姊姊尼费息施将各部仔细缝合，遍抹草药、油膏，并由艾息施自己俯伏兄长身上。经七十昼夜，觉得有一股暖流游动，知道奥塞里斯已经复活。十月后，艾息施诞生一子，是为浩瑞斯。这时，图特伤势也已复原，辞别阿王与郡主，重返京师见于法老。王见图特鹭头人身，愕窒不已，囚困神庙之中，夜间在屠房里住宿，白日则为法老书写王纪，刻在新建的记功堂墙上。圣甲十四年，王命匠人在圣殿建筑群后，兴建一座繁柱堂，堂内遍立十人身高的莲花形圆柱一百三十四支，柱支都仿照植物原形，柱顶刻成一朵朵莲花蓓蕾，正中最高的十二支柱，柱顶则刻成绽放的莲花瓣，每柱顶端可以站立五十个人。正中高柱上又叠砌第二层柱，成为联窗假楼，令堂内气体流畅，光暗柔适。繁柱堂外庭院之中，则竖立两支方石碑，一支碑上刻莲花，另一支上刻水草，表示尼罗上下，莫非法老王土。繁柱堂后，是一座三连式大室，题名为法老记功堂，每间大室墙上，命图特把法老历年战功刻志。由此，图特在神庙圣殿之中矻矻工作，寸步不离。法老不时亲临视察，王不识字，每命图特朗读壁文，图特乃奉命一字不漏把正在刻记的文字念道：在最尊贵的大神圣殿之中，法老命书记图特，向神灵昭告，王受大神佑护，战无不胜，攻无不克，带回大批贡品，谨献大神之前，神其为鉴。圣甲第八年，夏季第一个月，第二十一日，正是新月节令，我王拂晓出击，自帐中出来，全身黄金盔甲，英明神武，威风凛凛，登上战车，直指敌城，众神扶助其臂。我王居中疾驰，左军在南，右军在北，三军齐发。王身先士卒，冲入敌阵，英勇杀敌，所向披靡，敌人惧怕逃走，放弃马匹、战车，退回城下，城中兵士急忙垂下吊钩拯救，王挽弓搭箭，矢如飞蝗，城上顿然挂满敌尸。城虽关闭，王挥军推进云梯，发放火油长箭，全城变成火海，城壁塌陷，王驱战车直入，又夺一城。得黄金战车、金银战车、各式战车九百二十一辆；象牙肩舆一顶。帐幕七座。手掌九十三千。活俘四十千。马一千四十一匹。公牛二千八百九十。母牛十千零二十九。山羊二十千。绵羊百十五千。弓五百零二。甲一千二百。船三十七艘。麦粮二十七千袋。宝石十七箱。青铜剑六百把，将领计为阿布法拉、里罗瓦、巴迪尔、果罕木、萨尔各、乌尔朱、伊阿德、特巴、艾瓦朗、贝都、阿里什共十一人。又王子九人,带返京师学习我邦礼法。另外金银酒器、食具、大水锅等等无数。图特读到此处,法老摆手截止,召石画师至,下令自即日起,命其在记功堂外墙各处,绘刻战事图像,以及各俘虏将领形象面貌,以补文字之不足。

是年,尼罗仍大旱,河水干涸,河床中挤满钉螺,血吸虫病开始蔓延,许多人喝了河水腹泻不止,全身皮肤转为白色。

十五年,大河苦旱。

十六年,大河又旱。

十七年,大河仍旱。

十八年,大河续旱。

圣甲十九年,尼罗连续大旱七年,民乏粮食,无以为生,吃尽河鱼、莲花、水草、椰枣、蜜蜂,转向大漠挖取沙蛆果腹。饥民羸瘦,僧侣独肥。祭司瑞伊开启神庙粮仓,广派米麦。黎民前来领受布施,初则团团绕围神庙外墙,伸手乞讨,后则蜂拥而入抢夺,演成暴乱。法老大怒,罢免祭司圣职,贬为更夫。神庙之外,驻派重兵,严密保卫。此外，法老亲自率领群臣，在神殿之中斋戒三日，从头到脚，清除全身毛发，连眉毛、睫毛也不例外，然后在圣湖中浸沐，遍体涂上香膏，穿上纯洁亚麻半腰长裙，抬起河神夏比圣像，到京师每条里巷巡游。一路上洒散莲花瓣，薰香诵经，巫师都戴上神兽面具，由仪仗队手持彩带旗杆和翠羽团扇前导，封印吏、携鞋吏、祭司、首相、文武官员随后，法老则端坐肩舆之中，最后到达河边。尼罗两岸，挤满饥民，个个俯伏地面，同声祷告。法老把从圣湖中汲取的一壶水注入河里，对着河神圣像誓言，只要河神发水救灾，将以两岸农耕渔猎半数奉献。第二年，洪水骤至，洪峰竟高达等二十一人身，房舍一概淹没，伤亡惨重。收获季后，法老大征税，神庙之内又动工兴建更多的粮仓，法老任命木克拉阿为大祭司，木克拉阿选拔许多年轻女子入神庙组成吟唱队，又委任小妾为女祭司，围墙之内，自成一国。圣湖之中竟然传出女子盈盈笑语：我欢欢喜喜地当着你的面到池中沐浴，使你能看到我细薄麻布衫里面的肌肤，这时它被水浸湿了，你来看呀。

二十一年三月，五旬风至。尼罗中游河谷地方，气候本已非常炎热，无论冬夏，气温极高，数十年也没有雨水。早上晒砖，晚上可以挪来建屋。日间把鹅蛋放在地上，不久晒熟可食。商旅在路上采摘麦穗，用石打成粉末，取水拌混，摊在石面曝晒，不一会即晒成麦饼，可以作为干粮，带了上路。每年三月至五月，河谷一带，有五旬风吹袭，风从南方沙漠吹来，干燥灼热，每次风起，会持续五十天左右；风季过后，则有凉爽的北风翻动。所以，人人建房子都把门口开向北方。这年，五旬风特别猛烈，热得连飞鸟也从天上跌下来，风中又夹带粗糙沙粒，扑面疼痛。法老虽住宫中，也热得不耐烦，想起沙伊卜山，东面濒临大海，气候凉爽，而且风景秀丽。木克拉阿于是献议，何不在那里建一座夏宫，作为避暑的地方呢。法老当然欢喜，即命采尼罗上游瀑布矿石，到东海边上营建宫殿。木克拉阿奉命监督，亲到矿场，在烈日下征民开采岩石，搬上船只，运至中游，聚停河谷。特别开筑一条驰道，直通瓦迪哈马马特峡道，大石一块一块都用绳索紧缚，扯上木板，放在滚木上，沿途推进，动用人丁数以万计。瓦迪哈马马特峡道地窄路陡,运石困难,黎民苦不堪言。不久,尼罗上游矿石场所采岩石,运到中游时,匠人和石块全部失踪,而进入瓦迪哈马马特峡道的工匠朝发一千,夜剩半百,个个躲入山区,向别处逃逸,有一部分则直趋海邑,与海民交,然后乘船远航,投奔异域。这时,若干在瓦迪哈马马特峡道中运石的匠人,偶然发现峡道中的悬崖竟有云石,色泽天然,纹彩明丽,比起尼罗上游瀑布一带的玫瑰、天青花岗岩,石质有过而无不及,法老于是命人改采云石,总算减少了一半以上的输送路程。瓦迪哈马马特峡道离东海海岸虽近,但沙漠苦热,山岩嵯峨,砾石遍地,珊瑚礁触手皆伤,形同地狱。

二十二年。法老白狮遭毒杀,狮首悬挂神庙塔门旗杆之上。

二十三年。书记图特开始凿刻记功堂第三室正壁,王子康苏每天入殿陪伴,追随不离,夜间又流连屠房里面,荧荧谈论,向图特研习文字。王子平日喜欢吹奏双管苇笛,音律精确。法老不悦,召王子回宫,从此只准学习骑射,不许踏入神庙半步。

二十四年。记功堂刻成，王逐图特出京，放逐河西，下令永世不得返乡。

二十五年。石匠因监工克扣粮食、暴虐苛待而罢工。王怒，下令违命者杀，死一万二千多人，暴尸东野，瓦迪哈马马特峡道之上，秃鹫徘徊不去，形同黑河。

二十六年。第七月，第十日。夏宫落成，华美富丽，举世难匹。王率宫中妃嫔、仆从前往，唯有王后穆塔与王子康苏坚持留守河谷。法老穿逾瓦迪哈马马特峡道，直赴东海，路狭地险，行旅维艰，法老眼见东山干河岩石之间，涓滴沿着石隙渗漏，想到河谷与东山之间可以开凿一条大运河，引尼罗河水东流出海，以后往来夏宫，何如循水路而行？到时安坐莲舟，可饮酒听歌，欣赏沿岸山势景色。法老到达夏宫，居住一旬，总觉得夏宫虽然华丽，仍缺珍异点缀，于是遣派一组探索队，乘坐大木船，到海的另一端去寻求奇罕动植物。探索队名曰探索，每到一处，声威显赫，挟劲箭强兵俱来，实则武力掠劫，果然带回各种新奇之物。夏宫之中，园内栽起沉香、丝杉、枇杷、樱桃等树木，饲养了老虎、猩猩、骆驼、鹦鹉，宫中悬挂起琉璃灯、玻璃镜，水池中漫游金鱼。白狮既死，探索队献上侏儒二人，高等半人身，肥胖呆拙，步行如水鸭，会作种种翻筋斗游戏，日日陪伴法老，嬉戏宫廷。

圣甲二十七年，河畔一带，遍传王子康苏失踪。图特自离京城，辗转大漠，如流沙般漂泊，然而心有所牵，每每回到大河西岸一带挑达徘徊，栖息渡头附近，遥望对城。遇有渡客、商旅经过，就苦苦乞讨京师民生近况，逗留十数日，又再流亡，进入沙漠。一日，到达一个峡谷，见遍地散堆三手石花岗岩，想是泛滥季时由尼罗上游矿石场所采，顺流而下，运至中游，不知为了什么原因，被弃于此，洪水退后，遗留谷中。图特孑然一身，既见岩石，思念故土故人，于是砌叠成垣，在风沙烈日之下，刻石记事，以终余年。一日傍晚，忽然遥见沙丘之上，一人踽踽独行，愈行愈近，下临石墙，竟是王子康苏。二人相见，仿如隔世，惊喜莫名。康苏逐一观阅石壁刻文，一直沉默无语。这一晚，留下歇宿；翌晨，站在其中一幅墙下，取出双管苇笛,闭目吹奏,曲调酸苦,萦绕折荡于石壁之间,曲罢悄然离去。后来,旅人偶然经过,传语图特,曾见一位披发青年,残月下出没沙漠,苇管之声随风传来,音律哀恸。

二十八年。海外夷民自东来犯,大海之上,白浪滔滔,风帆霍霍。法老重兵全部驻守河谷,身边只有卫士数百,夷民骤来,王没有防备。夷民手持黑色短刀,侵入夏宫,法老沿刚动工不久的运河退回河谷,带兵迎击,夷民却已遁走。夏宫被掠一空。夷民遗下的短刀,色黑如焦炭,挥舞轻便,坚脆可断,与法老身佩青铜短剑颇不相类,向沿海部族查问,说是铁器,又说夷民因首领暴毙,立即退走,但声称必再重来。

二十九年。阿城王子浩瑞斯长成,暗中召集奥赛里斯的旧部属,秣马厉兵,从隐居的布托城出发,扬展圣目军旗,人人戴上神鹰面具,勇不可当,攻入阿比道斯,生擒叔父塞蒂;奥塞里斯念手足之情,赦其死罪,解送河西塞蒂自己督建的迷宫之中。法老闻讯震惊。

三十年,第一季第一月第一日。法老为了纪念登基三十载,举行传统的重冕大典,此举乃仿照日神白昼巡行天空,夜晚沉西,翌日重升。法老一则以日神自比,二则想藉此再振声威。在新年第一日,先到神庙中各殿祭祀,为一个个神灵开眼开口,薰香抹油,换上洁白新衣,戴上珠环,然后朗声祷告:神啊,我到你的跟前来,向你报告。真理的主宰,正义的大神啊,我没有对人说过谎话,没有杀过亲人,没有干过龌龊的勾当,没有强迫人家做分外的工作,没有夸耀过自己的高官厚禄,没有使我的奴隶挨饿,没有使乞丐填于沟壑,没有克扣过庙粮,没有短少过敬神的食物,没有窃盗过亡人的供品,没有使过小斗和短尺,没有侵占过人家的田地,没有放大过砝码,没有伪造过天秤,没有剥夺过婴孩的牛奶,没有把牲口赶离过牧场,没有捉过神禽,没有吃过河鱼,没有在泛滥季拦阻过河水。祷告至此,忽听得背后一人嘿嘿冷笑,回头一看,竟是瑞伊。法老把自己的睡床抬到市上,铺上一层黑土,播下谷种,用尼罗河水浇孕。二日后,谷种发芽抽秧,显示重生。法老就在市里释放四只麻雀、驱牛群绕神庙围墙走一个圈,然后回返宫中,依照当年加冕景象布置穿戴，仍请瑞伊再来为他加冕红白双冠。瑞伊拒不肯至，说：昔日请你牧民，今日岂可助你宰羊。王嬉笑，实行自冕。

三十一年。有旅商过大漠石壁，见图特一人独居沙漠，刻石度日，岁月侵寻，病贫相煎，乃昭示由此北去约十日路程，是一个绿洲，形如坞堡；十数年来，游民众居，生活俭仆，风习淳厚，人人耕田织布，自给自足，并无战争苛税等事，何不离此风沙苍凉的地方，前往过牢靠祥和的生活？何况，沙丘长年漂移，不日流至，峡谷一带早晚会被掩埋。图特离京日远，消息隔绝，请告王事。行商说：数日前过奈特尤洼地，经盐湖，曾遇法老五十千大军，据称开往攻伐沙漠极北之比洛斯城，坚要夺取藏于该处的战神蓝冠。兵至腹地，风沙突起，漫天倾覆，全军皆没。

三十二年。京师里巷传唱瞽师的吟歌：神鹰奕奕，圣目昭昭，永恒之主，彼岸之神，大哉奥塞里斯，大哉浩瑞斯。

一九八四年十二月

鸟　岛

　　船工划动舢舨，送考察员上鸟岛去。

　　"昨天晚上还能入睡吗？"

　　"没想到刮这么大的风，好像要把房子拔起来一样。我想出外走走，一出门就扑来一脸沙子，人竟不能朝前走了，风好像一堵无形的墙，使劲挡住去路。"

　　"是八级大风哪。"

　　"还以为今天不能上鸟岛去了。"

　　"这里的天气就是这样，常常要刮大风、下大雨，不过，风和雨来得快，去得也快。您瞧，这下子一点儿风也没有了。"

"天亮的时候，风就停了，我连忙跑出房子看，天空挺清爽，湖水挺蓝，对岸的雪峰银光闪闪，草原上一片浓浓淡淡的绿，几座白色的帐篷顶上冒出一缕一缕的乌烟。"

"您是第一次到青海来吧？"

"是呀，没想到青海的景色这般美丽，一路上乘车子经过，还看见成群的牦牛、野驴、绵羊和山羊。草原上的花朵又多，小小的一朵一朵，粉红、紫蓝、彩黄、奶白，就是叫不出它们的名字。"

"这一带的花草全是些矮小东西，十字花、莎草、苔草最多。粉红色的有巴蕾芥，紫色的有紫花针茅，淡紫红的是风毛菊，白的有点地梅，深红色的是水柏枝，暗绿色的却是优薏藜。高山小雪莲的叶子披着银色的茸毛，像穿了一件白绒衣，最好看。"

"花儿我不熟。你知道，我是研究动物的。动物我认识。我在草原上见到了草原毛虫、高原蝗虫和蚕缀夜蛾，翅膀都退化了，飞不起来，只会爬和跳。"

"你见到草虫么？你在地面上看它，它是一条草，你挖开泥土看，底下是一个僵硬的虫子。"

"那是冬虫夏草,既是植物,又是动物。你说的草的部分,是一种麦角菌,寄生在蝙蝠蛾的幼虫身上。到了夏天,幼虫顶上长出棒球棍那样的菌子囊座,钻出土地,好像草叶一般,底下的虫体就僵死了。"

"您是动物考察员,上了鸟岛,可以看见许多许多水鸟,够你研究的。"

"到了鸟岛上,我会观察各种游禽的生活,看它们筑巢呀、孵蛋呀、育幼呀,还有,挺重要的:搜集标本。"

"就是博物馆里那种硬绷绷的标本?"

"不错。这一次,我们科学考察队到青藏高原来考察,收获的确不少,特别是搜集了许多罕有的标本,回去可以漂亮地开一次展览会啰。说起搜集标本,搜集动物标本和搜集植物标本完全不是一码子事。你想想,如果你看见一棵珍贵的花草,你只消小心翼翼,仔细把它连根挖下来就行,植物是绝对不会跑掉的。"

"植物没有脚。"

"可不是。动物就不同了。比如说,鹅喉羚,你们这里的人管它叫黄羊,跑得出奇地快,这些飞毛腿,我们看见它在公路上和汽车赛跑。"

"它们一定要跑胜汽车才罢休的哪。"

"我们一直追不到它们。试过设计陷阱,挖出埋得下整个人的深洞,上面盖满干草。"

"它们才不会上当。"

"就是,它们似乎能够看出破绽,我们一直等了四个小时,它们只在远处徘徊张看,不走过来。后来,我们决定围猎。"

"围猎?"

"十来个人一起,绕远线将黄羊背水三面围住,然后把包围圈逐渐缩小。起初,它们仍顾低头吃草。一百米了,它们显得不安了,慢慢凑聚在一起。六十米了,它们骚动起来。四十米了,它们向湖边奔跑,又折转回来,朝包围的空隙直闯。我们可以看见十米外失神的眼睛,感到它们急跑时的喘息。只听见砰砰两枪,两头黄羊应声倒地。"

"你们都带猎枪是不是?"

"对付大一点的动物,我们用猎枪装子弹,眼界得准,一弹一只。我们打麝也是这样，一弹一只。麝这种动物真怪，站在一处可以动也不动，像根木桩。有一次，悬崖上站着个黑东西，我猜它是麝，砰的一枪，黑东西身子一软，从崖上摔了下去，果然是麝。"

"麝有香腺囊，麝香可以止痛，不过，自己身上的痛却止不了。"

"我们猎得的罕见动物才多哪。比如噪鹛，是画眉科的鸟，但在海拔四千多米的高原上，画眉我还是第一次看见。"

"也是用枪打下来？"

"对付小动物，我们用霰弹打，一枪一大片，可以打杀好几只。你见过一种小鸟叫花彩雀莺？全身只有大拇指那么大，但羽毛的颜色挺美，蓝色紫色、红色绿色，互相交杂，比得上热带森林的鸣禽。"

"花彩雀莺，只有喜马拉雅山高山灌木丛中才有。"

"最奇怪的是太阳鸟，见面不如闻名。有位队员打了一只，说是什么稀有的鸟儿，原来是只比麻雀还小的暗灰色东西。"

"做了标本了?"

"做了,灰麻麻的,也没什么看头。"

"做了标本当然不好看,只有活的鸟才是太阳鸟。它们在太阳光底下飞,通身会发出奇异的金光,一忽儿是绿色的辉斑,一忽儿是紫色的霞彩,不断变幻彩虹一般的不同颜色,非常美丽。它们还会表演杂技,对着花儿吸蜜,身子可以停在半空中。"

"有一种毛腿沙鸡也能表演杂技,它们有一双角质化的厚足垫,可以在滚烫的沙地上行走。我们试过把它们放在烧热的铁板上,它们仍然行走如常。"

"真的放在烧热的铁板上?"

"不试试怎么知道它们的本领。"

"我在博物馆里看见过一头棕熊标本。"

"棕熊?已经给人先做了标本了?"

"可一动也不会动了,真可惜。本来,它们挺有趣的,老在草原上到处乱跑。棕熊是傻东西,有一次,我见过一头,肚子饿了找不到食物,就去挖旱獭窝,那窝里有五六只旱獭,它抓上一只,往腋窝里一夹,又去抓第二只,抓到了仍往腋窝里夹,却把第一只掉了。这样子,每夹一只就掉一只,抓了五六只旱獭,腋窝夹着的仍只有一只。"

"有趣。我自己印象最深的,还得数猎雉。雉鸡可算是世界上最华丽的鸟类了,简直像凤凰。你可知道,青藏高原有八种珍贵的雉鸡?"

"我只知道两三种。全身白的是白马鸡,全身蓝的是蓝马鸡,尾巴都像马尾一般,蓬蓬松松地垂下来,所以叫马鸡。"

"还有棕尾榛鸡、雉鹑、红腹角雉、绿尾虹雉、红腹锦鸡、白腹锦鸡。我们都猎了许多。那种红腹锦鸡尤其好看,我看见它的时候,简直看傻了眼,它的头上戴着金黄色的羽冠,脖子上围着橙红色扇子那样的羽毛,背部浓浓绿,腹部深深红,长长的尾巴上布满了金桔色的斑点。"

"眼睛也是金颜色的。"

"我躲在一边,砰砰,就打中两只。我连忙从采集包里掏出棉花,擦净它们身上的血渍,又在它们的嘴角里塞上棉球,以免血从嘴里流出来,污染了那么漂亮的羽毛。"

"您在鸟岛上要住很久吗?"

    青海湖是由地壳断陷形成的,属于新构造断陷湖。最初,青海湖整个地区和附近的一带,是连结在一起的古老地壳。大约两百万年前,由于古老地壳内动力作用,使湖区发生了三次大规模间歇性的造山运动,把原来相连的地壳逐级肢解,隆起的地面不断上升,形成山岭,降落的地面继续下沉,形成洼地,湖盆的面貌也随着显现出来。湖水主要来自降水、流入湖中的地表水和地下水。

    青海湖刚刚形成的时候,是一个排水湖,有泄水出口,与黄河相通,河湖共存。由于气候干旱,水域不大。到了约十三万年以前,湖水的泄水出口地带在地壳变动中强烈隆冒,因此,东部山地升起,西部下陷,迫使从西向东的水道倒流,成为今日的倒淌河。湖河的通路既被隆起的山地阻隔,湖盆就被封闭,外泄湖变成闭塞湖,排水性的吞吐湖变成非排水性的内陆湖。

    湖盆虽遭闭塞,但当时东北地区出现潮湿气候期,大气降水带来湖区充足的水源，使湖水加深，湖面扩大，是青海湖的全盛时期，那时，青海湖是一个淡水湖泊。

大约一万年以前，湖区气候渐渐变为干燥，蒸气量大于降水量，造成湖水下降，湖面缩小，水质咸化，沉积加厚。湖中本来有一些岛屿，像黑山、将军台，遭湖水退离，成为湖畔孤立的小山；原来湖上海湾的朵海、耳海，也已脱离青海湖母体，成为独立的子湖。青海湖湖面缩小的趋势一直延续至今，目前，湖上的海晏湾也正在向子湖过渡。

和一万多年前的古青海湖相比，如今的青海湖湖水在东西方向上退缩了二十多公里，水位下降一百米，面积减少了三分之一。目前，青海湖最大的水深约三十米，蒸发量比降水量大四倍左右。湖区虽有布哈河、乌哈阿兰河、沙柳河、哈里根河、甘子河、倒淌河、黑马河等四十条河流补给，但那些河流大部分是间歇河，干流短，补给量低于蒸发量，入不敷出，故此，湖水平均每年下降十厘米，即每十年下降一米。除非地区再出现潮湿的气候期，否则湖面将继续缩小，直至整个大湖消失。

今日的青海湖,东面是日月山,北面是大通山,南面是鄂拉山,西面是辽阔的柴达木盆地。湖周长三百六十公里,面积四千六百三十五平方公里,海拔三千一百九十六米,仍是我们最大的内陆高原湖泊。湖水容量约一千亿立方米,每升含盐量十二点五克。夏季表层水温最高达摄氏二十度,冬季湖面冰封。湖水中生物种类较少,盛产鲤鱼。

青海湖上的黑山、将军台,如今虽然已经脱离湖体,但湖上仍有几个耸立的小岛,包括湖北的小西山,又名蛋岛、小西山东侧的海西山,又名海西皮、湖南的海心山以及海心山西南的孤插山,又名三块石。除了小岛外,还有湖的东南与陆地相连的五个沙岛及其附近的河口地带、湖湾地带。这些岛与沙洲,渐渐成为候鸟的天堂。

青海湖上的小岛,都是鸟岛,每到春天,成千上万的候鸟全到湖上来了。它们都认得路,迢迢千里,从南方飞来,到了岛上,盘旋飞翔,然后降落,找寻去年栖息过的地方,重建新的巢窝。它们在岛上下蛋、孵雏、育幼,直到小鸟们长大,秋天到来,于是排好队形,整理阵容,一起飞到温暖的南方。春末夏初，鸟岛上一片繁忙，海上是鸟，岛上是鸟，天空中也是鸟，岛上每半米地方就有一个巢，人们走到岛上去，根本没有插足的空隙。鸟岛上平均每亩巢区住着一千只大型鸟，鸟的总数要超过十万，使青海湖上鸟声鼎沸，声闻数里。

候鸟选择青海湖作为它们养儿育女的地方，和天气、食物、环境有关。其中最主要的是食物。水禽喜欢吃鱼，但也有一些水禽吃素，只吃藻类。青海湖随着湖水的矿化，水生植物变得很单纯，只有不易消化的刚毛藻和一些小生物。但是青海湖区有四十条淡水河流入，其中最大的一条是布哈河，每年五六月，鲤群必须洄游到这温度较高和食料丰富的浅水区去产卵，水禽就云集在水面上觅食。布哈河三角洲上盛产大量早熟的禾鲜草，有水禽们喜爱的眼子菜和水毛茛。鱼与藻，加上一些浮游小生物，形成一个食物链，青海湖的小西山和海西皮正处于这个链环的中心。

青海湖上气候一般爽凉，但鸟岛上的地温仍比较高，既适合羽绒丰厚的水禽居住，也可以让它们在地面上孵雏，鸟岛上还有一些涓涓泉水，即使在摄氏零下三十度也不冻结。湖上主要的小岛都与陆地隔离，鼬鼠、旱獭、蝮蛇、狐狸都不能到岛上来，除了偶然出现的鹰或隼，水禽们几乎没有天敌。一年又一年，候鸟们成群飞来了，经云南、贵州、南洋、印度、缅甸、孟加拉、巴基斯坦，飞来了，它们不是飞来，而是回来，因为鸟岛是它们的故乡。

来的鸟真多，看看颜色也可以分别出来了：

褐色眼眶的是金眶鸻。

颈上围着黑圈的是环颈鸻。

下巴上长了一个袋子的是鱼鹰。

顶了凤冠的是䴙䴘。

整个头绿色的是绿头鸭。

黑头的是鱼鸥。

棕头的是棕头鸥。

黑颈的是黑颈鹤。

雪白的是白天鹅。

黄脑袋的是鹡鸰，喜欢翘起尾巴，吱吱喳喳地唱个不停。

尖翅膀、尾巴像剪刀的是燕鸥，曾经创下每年迁徙飞行四万公里路程的纪录。

戴了一顶奇怪的垂流苏帽子的是潜鸭。

通身长着红棕色毛的是赤麻鸭，在太阳下飞行，像一只金色的鸟。

鸣禽、游禽、涉禽，都到鸟岛上来了。不，天鹅还没有来，它是冬候鸟。到了十月初，青海湖已经很冷了，鱼鸥、棕头鸥等等的夏候鸟带着幼鸟飞到南方去过冬的时候，天鹅才从寒冷的北方前来开始一年一度的越冬活动，它们是鸟岛上冬天的主人。这时候，鸟岛边缘的淡水、浅滩、大小泉湾、背风稍暖的地方，水面上只有薄薄的冰层，水底平铺着大量藻类植物，天鹅就在那里栖息。一对一对的白天鹅，在弯弯曲曲的湖岸边，就像一串串的珍珠。那时候的青海湖，才是一个真正的天鹅湖：天鹅们三五成群，甚至十只、二十只一起，在冰层上、浅水中慢步滑行、匍匐前进、旋转徘徊、偏头低鸣、摇首摆尾。有时候，它们仿佛将要起飞，伸展双翅，但又双足着地，踮着脚尖，轻轻地走，就像溜冰场上的舞者。

天鹅是珍贵的游禽，数量不多，到青海湖上来过冬的尤其寥寥可数，进入青藏高原后，它们会按照传统的习惯，飞往柴达木诺木洪芦苇沼泽地，或德令哈的克鲁克湖、托素湖，有的继续高空跋涉，飞到西藏雅鲁藏布江南江一带。冬末，在克鲁克湖发现的一群天鹅也只有八百多只，回到青海湖上的大天鹅则数约一千，和棕头鸥、斑头雁等相比，真是一个非常小的数目。

在青海省，天鹅真正的家是在省西的朵斯库勒湖，流注该湖的主要河流是阿拉尔河，河汇入湖之前流经大片沼泽地，那里芦苇丛生，水草丰盛，人烟稀少，一般的芦苇都高三至四米。天鹅对狐狸、豺狼、香鼠等天敌的警惕性很高，并不像野鸭随意在茂密的芦苇中筑巢。它们会选择四周都是水的芦苇丛，筑起一个个朝天的大筐，天鹅坐在巢内，可以伸长脖子，观察四周的动静，巢窝上面往往还筑有避雨的屋顶，保护雏鸟。巢中的蛋多半只有两只，天鹅的繁殖力弱，这是它们所以珍贵的原因之一。

在夏候鸟中，黑颈鹤则是青海湖的少数鸟族，虽然，它们是青藏高原独有的水鸟。黑颈鹤是游禽，嘴长，颈长，脚长，头顶赤红色，颈、翅、尾都是黑色，身体灰白，性好静，不喜欢人口稠密的地区，只隐居在偏僻荒凉的地方。每年深秋，它们离开冰天雪地的青海高原，千山万水，飞到贵州威宁的草海，或云南中甸的纳帕海越冬，到了春夏之交，才回故乡。黑颈鹤擅舞，它们的婚礼仪式就是一场对舞，姿态翩翩，可以比美天鹅们的冰上舞蹈。和天鹅一般，黑颈鹤也是一窝两只蛋，遇上天敌侵害，常常子女落空。根据调查，青海高原与云贵高原的黑颈鹤，一共只有二百余只，成为与熊猫、金丝猴相同的珍贵动物。

黑颈鹤和天鹅是青海湖鸟岛上最难得一见的珍禽，金眶鸻、环颈鸻、鹬鸰、潜鸭、燕鸥、绿头鸭、鸊鹈、池鹭这些水鸟就比较多了。但鸟岛上真正的主人并不是它们，而是鸬鹚、棕头鸥、鱼鸥和斑头雁。

在江南水乡的小河上，常常可以见到一只只小船，船舷上蹲着几只乌黑的鸬鹚，船上放着鱼篓，划船的渔人一手摇桨，另一只手里握着一条细长的竹竿。船儿划着划着，渔人把竹竿在水面轻轻一击，嘴里发一声吆喝，船舷的鸬鹚就扑通扑通地跳进河里，潜入水中。不一会儿，它们冒上来啦，在水面上露出一个个头，换一口气，又潜入水中。最后，鸬鹚上船了，喉袋中装满了鱼，渔民捉住它们的头，握住它们的项颈，将喉袋里的鱼都取出来。鸬鹚一天能够捉到许多鱼，至于能吃多少条，得看渔人的慷慨。有时候，鸬鹚拼命把鱼吞咽，就是吞不下，颈里套着的绳环把鱼卡住了，而且，渔人总是看见了，挥挥竹竿，把缚在它们脚上的绳环钩紧，将鸬鹚拖到船边，捉住头颈，鱼又取走了。

在鸟岛上可好了，既没有渔人，也没有渔船；既没有竹竿，也没有套在颈上的环索，海阔天空，满湖鲈鱼，鸬鹚爱吃多少就吃多少，把身体内的嗉囊塞得满满的。在鸟岛上，鸬鹚是吃鱼的冠军，一头鸬鹚一天可以吃掉六千克鱼，捕鱼的本领也数它们最强。青海湖上的岛土，大致上可以分为四个区域：浅水、石滩、砂坡和悬崖。鸬鹚选择的巢区是悬崖。鸟岛上耸立的悬谷顶、峭壁侧，都挤满了黑压压的鸬鹚，在阳光下，通身的羽毛带着紫色的金属光泽，到了繁殖季节，雄鸟的头部和颈部还会长出许多白色的丝状羽毛。

只有到鸟岛的悬崖上站一站,才知道鸬鹚为什么要选择这个地方做它们栖息的生活区。居高临下,湖里的鱼儿都一目了然了,一群群,一尾尾,鸬鹚们看得清清楚楚。鸬鹚们既是潜水的能手,于是在悬岩壁上看准了目标,振翼飞起来,直插下水去,在水里潜游十秒钟,从十米外的水中钻出来,扬起脖子,使劲地吞鱼。有时候,捕得的鱼重三四千克,几只鸬鹚围过来一起抢夺,再解决不了,就一起拖拖拉拉,叼回岸上,分享一顿。吃饱了,且蹲在岸边晒一阵太阳,把头掖在翅膀下睡觉。

鸬鹚的名字又叫鱼鹰,它们像鹰,因为它们也有锐利的眼睛和捕食的本领,还有,它们的巢也筑在悬崖上。鸬鹚把它们的巢筑在青石灰的岩顶上,一个一个黑褐色的巢,密密麻麻地紧贴在山壁,仿佛一片茂盛的地衣。巢用枯草和细树枝围成,都呈六角圆形,直径约四十至五十厘米,深二十多厘米,里面铺些细碎的草叶。它们下的蛋比鸡蛋要小些,每一枚约重三十八克,长圆形,两端相等,淡绿色,壳外附着一层厚薄不匀的白垩质,看起来就变成悦目的粉绿色,充满春天的色彩,不过,壳薄易碎，蛋液有很浓的鱼腥味。鸬鹚的巢相当坚固，不过，筑巢的草梗和羽毛等材料往往是从别的巢里偷回来，而它们自己，却把巢筑在二三十米的岩壁上，保护得好好的。那些到鸟岛上来的旅人，常常会踏破斑头雁的巢，而鸬鹚们的巢，他们只能仰望，想采一只鸟蛋也不容易。

动物都有保护子女的本领，鸬鹚的巢筑在岩壁上，使它们的孩子得到更安全的居所。它们的孩子是晚成雏，刚孵出来，身体裸露，没有绒羽，眼睛还闭着，根本不会走路，就得由亲鸟喂养好一段时间，所以，鸬鹚们的确需要一个宽阔的喉袋，把鱼储藏起来，带回巢中。这个时候，它们都是温柔的鸟；此外，就得数求偶时节，悬崖上常常可以看见傻乎乎的鸬鹚，叼了一团海藻去送给心目中的情人。

每年春天，最先到鸟岛来的往往是鱼鸥和棕头鸥。冬天过去，鸟岛上的冬候鸟也飞走了，岛上只剩下一些留鸟，比如小小的百灵鸟，天气那么冷，唱歌也不起劲了。有一阵，鸟岛上真静，还以为候鸟们不来了，是不是旅途上有什么困难，还是，它们体内的生物钟慢了？不，候鸟们准时回来了，天空中出现了银灰色的翅膀，然后听到了嘎嘎的鸣叫。白天，它们根据太阳的方位进行定向，夜间，则依靠星星排列的位置，那是它们的罗盘。经过无数的日夜，越过海洋，山脉、森林、河流、草原和高山，候鸟们回到鸟岛来了。

最初，是什么原因促使候鸟们每年一度的大迁徙呢？有的人说是由于食物，当寒冬到来，到处冰天雪地，湖泊、河流结冰，昆虫和食物大量死亡，鸟类受到严重的威胁。有的人说是历史上的冰河运动引起的气候剧变，迫使鸟类离开栖居的地方向南方飞，后来，气候改变，鸟类又返回原地，形成了鸟类迁徙的本能。也有的人说，鸟类迁徙，是与体内某种物质的周期性刺激有关。

无论如何，候鸟们回来了，它们在鸟岛上先绕一个圈子。是这个岛吗？是这个岛。它们认识这个地方，于是，它们降落在一片沙土上。经过了那么长的旅途，一路上遭遇过激流、风暴、猛禽、饥饿，它们疲倦吗？不，一点也不，它们有强健的体格、众多的气囊、有力的翅膀，别来无恙，都回家来了。回到家来该多么兴奋呀！它们十分欢乐，一面呼叫，一面在沙坡上奔跑，寻找以前居住过的地方、筑过的巢窝。它们找到了，巢被风吹乱了，被雨水冲得不成样子了，但这仍是它们的旧居，它们用嘴收集被风刮散了的枯草和羽毛，再去捡拾枝叶，重新建造一个个新巢。

最初回到鸟岛上的是鱼鸥和棕头鸥，然后，再过几天，鸬鹚和斑头雁也回来了。冷清清的鸟岛又繁忙起来，到处变成建筑的工地，大家都在制造新的家，鸟岛又成为一座热闹的城堡。

鱼鸥的头是黑色的，棕头鸥的头是棕色的，模样相似，个性也相同，在鸟岛上，它们选择石滩为它们的巢区，上千上万的鸥鸟都挤在石滩上，难怪它们要为争夺地盘而吵个不休了。不过，一旦安顿下来，插针似的挤进了自己的巢，它们就和平相处了，而且守望相助，成为最亲密的战友，遇到敌人，就一起联手抗敌，保卫家园。

鸬鹚是潜水高手，鱼鸥和棕头鸥不行，它们不能潜到深水里去，只好在水面上捕捉浮鱼，休息的时候，就站在石滩上。捕食的时候，它们紧贴水面飞行，像一架架巡逻的飞机,一双双红脚在湖面上划出一道道长长的碎银似的水花。鸥鸟很合群,老是联群结队,平展着灰色的长翼,如果有一头鸥受伤落水,大伙儿就围着它飞鸣,不肯离去,有的还不时俯冲下去,仿佛要把受难的兄弟救出来。鸥鸟的自卫力也强,谁要是偷鸟蛋,它们就一起飞起来围攻,直到把敌人赶走为止。遇到不会飞的敌人,比如说人类,若是走近那些不会飞的小鸥,它们就像足球比赛时在禁区犯了规罚自由球的护守情况,年长的鸥只立刻靠拢起来,用身体围成一个又一个圆圈,组成一层层的保卫墙,另外一些鸟只又立刻飞上天空,大声呼叫,俯冲攻击,还要扔下它们的炸弹——世界上最珍贵的大肥。

鸥鸟的巢都用干枝搭成,巢里也垫了细草和羽毛。巢就建在石滩附近的砂土上,蛋壳上布满了褐色的斑点,刚生下来时,还挺热的。鸥鸟的孩子们都是早成雏,就像小鸡一般,雏鸟从蛋中孵出来时,全身已经长满了绒羽,眼睛也睁开了,吱吱地叫,只待绒羽一干,就能随着亲鸟到处走动和觅食。在鸟岛上,棕头鸥个儿最小,但蛋下得最多,每窝有十个左右,孵卵开始后,爸爸妈妈轮流孵蛋，每天都是一只留在巢里，另一只出去觅食。

动物的种群现状，取决于们出生率和死亡率的相对比值。动物中多数的海产鱼类一次产卵数十万粒，而大型哺乳类则一生只产子数个。一般来说，鱼类的产卵数目常超过一万，两栖类超过一千，昆虫类很少超过一百，而鸟类，最多十数个。动物的产子数目，与孵养期的不同反映了它们在动物界中的不同等级。

在鸟岛上，黑颈鹤、天鹅等多半都是一窝两只蛋，鸬鹚和斑头雁一般上是五六只，而鱼鸥和棕头鸥则多至十只，死亡率高是鸥鸟出生率高的原因，所以，孵育期也相对地短。大自然自有一套生态平衡的法则，但不包括人为的伤害在内。

鸬鹚、鱼鸥、棕头鸥都吃鱼，斑头雁只吃水草和藻类食物，是鸟岛上的素食者。让别的鸟去争夺鳇鱼吧，清早起来，斑头雁们就一字形、人字形地飞到布哈河口的三角洲去吃它们喜欢的淡水眼子菜，到了傍晚，又人字形、一字形地飞回来。所以，在白天，鸟岛上的斑头雁并不多，只有那些孵蛋的亲鸟，或者一些叔叔阿姨在那里当警卫员。斑头雁个子不小,每一只重三四千克,身体灰白,淡褐色的长颈,白头上显出两道宽阔的黑纹,从颈背上看,像一个工字,脚和嘴巴都是黄色。

斑头雁是和驯的动物,在鸟岛上,它们选择的巢址是窄长的岛脊砂坡,见了人并不害怕,摇摇摆摆移过一边,让出一条路来,但那空间永远只有两米宽阔,人们一走过,它们又在背后围聚在一起。它们的巢很简单,在砂土上扒一个盒形浅坑,里面只铺些杂草和自己身上拉下来的绒毛。一窝蛋通常是五六枚,雁蛋比鹅蛋大,一枚约重一百三十克,形状像鸡蛋一样,一头钝圆,一头稍尖,蛋壳坚厚,不容易碎,色白,泛显微微的粉红。

和天鹅一样,斑头雁也是有情鸟,终身一夫一妻制,彼此相依为命,感情融洽,如果配偶一方夭折,另外的一只就独身以终,成为孤雁,但它们仍是群体中的一分子,成为别的雁的忠诚朋友。它们不单当上警卫员为大家站岗放哨,又为别家的幼鸟当保姆,让孩子的父母可以出外觅食,由自己带孩子们去散步。有时候,偶然失职,打了瞌睡,让小斑头雁跑到别的家去闯祸,就得受孩子父母回来时连啄带咬的惩罚，这时，它们也不还手，退过一边，整理一下羽毛，重振精神再去站岗。

斑头雁幼雏的孵化，要夜以继日经过二十八天，一只只草绿色的毛绒绒雏鸟就孵出来了，它们也是早成雏，睁开了小眼睛吱吱叫，但羽毛还没有干，巢边也太高，没法子爬出来，得过三两天，它们才能够跟着父母出巢散步。还不会飞的幼雁最需要保护，遇上天敌侵袭，首先鼓噪而起的往往是孤雁，冲锋陷阵，勇猛异常。而在鸟岛上，棕头鸥和鱼鸥都是斑头雁的朋友，也会立刻飞身援助，与敌禽交战，不胜不罢休。猛禽想在鸟岛觅食实在不容易。

秋天到来，雏鸟都已成长，鸟岛上就有十多万只鸟了。天气渐渐寒冷，它们都要飞到南方去，鸟岛的主人一群一群相继地离开；而斑头雁，临别的时候，还得举行隆重的惜别仪式，先由那些陪同孵窝的孤雁逐步集合，然后，天空中、地面上也出现了观礼的雁群，最后，由一头雌雁带领，雏鸟个个跟随，雄雁押队尾，向湖边慢步行走。送行的雁群跟在里面，一边蹒跚地移动短腿，一边低声鸣叫，好像与亲人话别，依依不舍。等到这一对带领雏鸟的雌雄雁进入水中缓缓游动,送行的队伍才怏怏而回。后来,离开鸟岛的斑头雁愈走愈多,送行的雁也愈来愈少了。

"咦,你怎么提早来啦?"

"果然,湿成这样子,我带了干衣服来,快换上。"

"你特地一早赶来……"

"昨天的一场暴风雨不比寻常,我一直担心这里的情况,但湖面浪大,船不能过来。"

"早一天那么闷热,大衣也穿不住,湖上罩着一层雾,又有一线黑云,忽然,凉风来了,我就知道有事。连忙拿起斧头,把帐篷的桩子一一敲实,四周用沙土压紧,刚回帐篷,雨就瓢泼下来。"

"帐篷倒挺坚牢的,这是牛毛帐篷。"

"整个岛都在摇晃,我真怕帐篷给风刮去,只好使劲抱着帐篷的撑杆。可是,一会儿,帐篷底下渗了水进来,一股股浊水从缝边涌升,也不知是湖水涨了,还是巨浪打上岸,一点办法也没有,只好耐着性子等,幸好暴风雨半夜就过去了。"

"东西都湿了？"

"还好。我的大衣湿了，挡不住寒气，温度计指着摄氏零下二度，我冷得直打哆嗦，现在站在这里晒太阳。"

"换上这件好些了吧？"

"谢谢。唉，岛上的鸟比我强哩，我的帐篷没给吹倒，它们的巢可被风刮得七零八落，棕头鸥、鱼鸥和斑头雁都避到背风这边来，我看见它们张着翅膀，把幼鸟遮护在翼下。刚才我爬上石壁去看过小鸬鹚，它们身上还没有毛，我用手摸摸，小身体都冰冰凉的，缩在巢里，等父母回来喂东西吃。没想到，恒温的鸟可以忍受这样的温差。"

"我给您带了鲜羊奶来，喝一碗吧，可以增强抵抗力，还有新鲜的糌粑，您挺爱吃。淡水我带了两桶，还有一瓶青稞酒，您留着。"

"这几个月来，一直要你照顾我，吃的、喝的，还有这穿的，也不知道怎样感谢你才好。"

"您每天都吃蛋了？蛋的营养好。"

"我依你的话，每天吃两只，有时三只。"

"这里的窝边蛋多得是,气候变化大,鸟岛上每年冻损的蛋每每有一千斤,难怪鸟儿要下许多蛋了。"

"说起窝边蛋,斑头雁挺聪明,能够鉴别蛋的好坏和真假,一发现不对劲的话,就踢出窝外。"

"所以,您要吃多少就捡多少。"

"许多鸟都是笨笨的。我看见过天鹅孵瓶子,海鸥孵石头。有一种圃莺,曾经有人把几个岩鹨的蛋换进它的巢里,后来,它下了一个蛋,看了半天,自己下的蛋竟然和其他的不一样,就把它扔了出去。"

"也变成窝边蛋了。真是倒霉了。"

"牛也是笨笨的。试过有一条母牛,别人把小牛犊从它身边带走,母牛想念小牛,惶惶不安。为了安慰母牛,那个人就把一只塞满干草的假牛犊放在畜槛里。母牛立刻安静下来,常常去舔那只假牛犊,结果舔破了,露出了干草。母牛竟毫不介意地吃起干草来,不知不觉地把自己的牛犊吃了。"

"母牛真的比不上斑头雁那么聪明呀。"

"动物的怪事还多哪。你可知道有一种松毛虫?它们最喜欢排成一列纵队向前走,一个带头,其他的跟着。这情形给法国昆虫学家法布尔看到了,他把带头的一只放在队尾,把统帅降为列兵。结果,大队跟着统帅,统帅跟着最末的列兵,一群松毛虫就在地上不停地转圆圈,足足转了一个星期,个个精疲力竭,无法动弹,而食物,就近在咫尺。"

"动物的习性真是奇怪。"

"所以,研究动物实在是一件有趣的工作。"

"您在岛上的收获也不少吧。"

"鱼鸥、棕头鸥、鸬鹚、斑头雁的标本都有了,蛋、巢和雏鸟也齐了。绿头鸭、斑嘴鸭、燕鸥、环颈鸻、金眶鸻一样不缺,最可惜的是猎不到黑颈鹤,早两天遇见几只,在老远的浅滩上,看清楚是黑颈鹤,脚又长,颈又长,和别的水鸟不一样。我立刻赶回帐篷取枪出来,它们却飞走了。"

"这里没有长长的芦苇,黑颈鹤不大来。"

"猎不到黑颈鹤真可惜,在鸟岛上,只好多猎些鸬鹚和棕头鸥。"

"鸬鹚和棕头鸥根本就不用猎,我捉过它们。那次,一只大鸬鹚吃饱了鱼,把头埋在翅膀下呼呼傻睡,我悄悄走近,一把就把它抓住了。它从梦中惊醒,高声大叫,用有牙齿的嘴夹我的手,我放了它,它扑通、扑通朝湖边逃去了。"

"哎呀!忘记告诉你,前天晚上我打了一只大鸟。"

"大鸟?多大?是什么鸟?"

"早几天,石滩上有一些雏雁躺在血泊中,肚肠也拖在外面,我想,这一定是棕头鸥干的好事。到了傍晚,我听见鸟群骚动,天空中传来搏斗声。我走出帐篷,只见天空中一群鱼鸥和棕头鸥联合迅速地追逐一只大鸟,羽毛满天飞舞。我把双筒猎枪顶上两颗三号铅砂子弹,当它降低时,打了几响,黑鸟掉在水滩上挣扎,我拿了条木棍,使劲打了它一顿,原来还没死,张开锐利的钩嘴,还用爪抓住棍子,我抽出棍子,再打它十几下,就像有一次我用铁锹打死一头大狐蝠那样。结果,那家伙才完蛋。"

"那是什么鸟?"

"你过来看。"

"这是海雕。尾巴上还有一条白色的带斑,是玉带海雕。"

"好凶的家伙,我替那些小斑头雁报了仇。"

"玉带海雕,很难得才见到的。"

"你来了可好,仍旧麻烦你,带回科学站去交给队长。"

"研究动物,一定得做标本么?"

"做了标本可以给更多的人看看。"

"如果人们要看鸟,为什么不上鸟岛来看?"

"并不是每个人都有时间、金钱和机缘。"

"那么,拍纪录片给他们看不好么?"

"研究动物,还得解剖,看看里面的构造。"

"一定得解剖……您解剖过鸬鹚没有,可发现什么特别的地方?"

"是什么?"

"鸬鹚的肚子里,长满了白色的虫,不是一条条的,是一堆一堆,一团团。许多人都见过。"

"大概是寄生虫。"

"鸬鹚是生了病吧,这种病,会不会传染给斑头雁和棕头鸥？会不会传染给整个鸟岛的鸟？"

"得研究一下。"

"您是研究动物的，帮帮鸬鹚们吧，救救鸟岛上的鸟吧，白色的虫，很可怕的。"

"回上岸，我就去好好解剖鸬鹚。"

"哦，我也差点忘了，您说要看杂志，我找了一些来。"

"这次是哪几本？"

"《科学之春》、《世界博览》、《世界奥妙》、《飞碟之谜》。我只能找到这些。"

"好极了，在岛上一个人孤零零的，有时候真不容易打发时间。"

"您也快要离开这里了吧。"

"快了，许多斑头雁和棕头鸥都飞走了，再过一些日子，鸟岛上的鸟都要离开。"

"我来接您回黑马河旅店去。"

"好。但我想迟几天才回去，青海湖上不是还有几个岛？我想也去看一看，然后归队。"

"那么，由您决定日子，我送您上那些岛去。"

"库库,就是青色。"

"诺尔,是海吧。"

"对,库库诺尔,就是青色的湖海。那是蒙语。"

"藏语呢?"

"错鄂姆博,错鄂是湖海。"

"姆博就是青色了。"

"对。"

"谢谢你,藏语怎么说?"

"果正切。"

"果正切。"

"啊,别客气。"

"你是在这里长大的吧?"

"对,青海是我的故乡。"

"你常常上鸟岛去?"

"看情况而定,我主要在渔场工作。"

"就是布哈河渔场?"

"对。我帮助打鱼,我是船工。"

"这里的鱼很多?"

"多,非常多,从前还要多,藏族人又不吃鱼,鱼都跳上岸啦。连牦牛经过河水浅的地方都会踩死几十条,车子走过就不用说了。鱼也不用钓,伸出手把拇指和食指扣合,往鱼头上一套就是一条。"

"刚才看见几个小孩钓鱼。"

"钓着玩儿的。"

"用的是什么饵?"

"羊肉。"

"鳇鱼是食肉鱼?"

"所以特别鲜,鱼头最好吃。不过,湖里的麻子鱼比鳇鱼好吃,另外有一种年鱼,嘴挺大,眼睛小得像一粒绿豆,模样很难看,却比麻子鱼还要鲜嫩。"

"青海湖冬天结冰吧。"

"足足有一米厚的冰,整个湖像个大冰盘,要钓鱼得破冰,在冰上挖个洞,一个下午也可钓五六十条。西宁市街头上就卖冰鱼了。鱼多的时候,剖干净晒成干板鱼,用绳子穿起来卖。"

"这么多的鱼,难怪这里是鸟的食堂了。"

"鸬鹚呀,每年要吃掉七千多吨鱼。"

"刚才经过的是小西山?"

"对。这个小岛,现在坐车子也可以去,岛和陆地已经连起来了,从前,所有的小岛都得坐船去。"

"这些年来,青海湖的湖水下降了,湖也缩小了。"

"两位也是科学考察员吧?"

"我们是地质考察队的。"

"地质,是不是山呀、海呀这些?"

"也可以这么说。"

"两位特地来考察青海湖么?"

"倒也有一点关联,我们主要是来研究一下青藏高原迅速隆起的原因。"

"青藏高原隆起来了?这个我倒不大觉得,不过,既然和青海湖也有关,这下子可好了,我就希望您两位能做一件事。"

"什么事?"

"救救青海湖。"

"你要我们救青海湖?"

"是呀，我一直在担心哪，青海湖的水越来越少了，会不会干？那时候鱼也没啦，水草也没啦，鸟岛也变成陆地啦，那么，斑头雁、棕头鸥它们回到家乡来，到哪儿去栖身呢？"

"舒适的家园的确是任何生物的梦想。凡有生命的，都会为这个目标作最大的努力。"

"我从小在青海湖边长大，真奇怪，有时候觉得自己好像也是一只斑头雁。两位明白我的意思？"

"我们明白。"

"看，前面白白的地方，就是海心山了。"

"也就是龙驹岛是不是？"

"对，如果是夏天，我们的头上如今已经到处是飞鸟了。而且，岛上还要热闹。现在呢，鸟都离开了，四周挺静的。"

"岛上有人住吗？"

"早几年，还住着一个喇嘛，整年在岛上不离开，到了冬天，湖水结了冰，就从冰上走过，到市镇去买些青稞、盐巴、茶叶，储备一年的粮。现在，青海湖上的岛，都没有人住。"

"这岛上还有马吗?"

"没有,早一阵,羊倒有几只,也不知怎么上去的。"

"可能就像喇嘛那样,湖水结了冰,走上去的。"

"最近,海心山上发生了一件奇怪的事,是一位考察员,研究动物的。"

"上海心山去了?"

"对。他在海西皮岛上考察了差不多半年,临走前想到别的岛上也去看看,我依他的话,送他上海心山去。过了两天,我去接他,却看见他躺在砂坡上,身上站满了长胡子的胡兀鹫,整个人都给吃得剩下骨头了,旁边还有几只瘦渡鸦斜着眼儿看。

"有这样的事?"

"不过是早两个月的事。"

"怎么会这样的?"

"我是这样猜,他一定在岛上多吃了鳇鱼,中了毒,跌倒了,就给鹫吃了。"

"鳇鱼有毒?"

"鳇鱼子有毒,不能吃。其实,许多鳇鱼身上还长虫,一堆堆,一团团,白色的,那些虫,鸬鹚身上也有。"

"鸟岛上有鹫?"

"就是,这才是最奇怪的地方,青海湖的小岛上,从来没有鹫,鹫在西藏才有,是著名的天葬鸟。"

"太奇怪了。"

"不过,后来,我倒觉得,一切都是因果。"

"什么因果?"

"他以前打死过许多动物,在鸟岛上又杀了不少鸟儿,所以,鹫就来吃他了。两位别怪我迷信。"

"他打死了许多动物?"

"对。要做标本。我就想,研究动物怎么要打杀动物呢?比如说,两位是研究地质的,就是山呀、海呀这些,那么,研究山呀、海呀,要不要把山呀、海呀也打杀呢?想想,我又很替您两位担心了。"

"请说。"

"研究山呀、海呀,可千万不要把山呀海呀打杀了。我一直觉得,谁要是对大地不好,大地就会发生地震、海啸，火山也会喷出岩浆来。小时候，我的祖父就是这样告诉我的。"

一九八五年九月

胡子有脸

●胡子有脸,是什么东西?

○对,胡子有脸,究竟是什么东西,得赶紧给大家先讲个清楚。

胡子有脸,是一个人的外号。凡是认识胡子有脸的人,都管他叫胡子有脸,至于他本来的名字,就没有人知道了。那么,为什么胡子有脸会得着个这么奇怪的外号呢?那,还得从他小时候的习惯说起。

事情是这样的:当胡子有脸还是一个小孩子的时候,最喜欢一天到晚问问题,而且,他的问题总是多得问不完。问问题当然不是一件坏事,事实上还是一件好事,不过,胡子有脸的问题,常常叫给问的人很难答得对,比如他问:为什么抽屉有桌子?

嗯,为什么这个抽屉呀,为什么有这个桌子?人家看看胡子有脸,回答说:抽屉用来放东西。但胡子有脸觉得,这个答案根本没有答上他的问题,他说:我知道抽屉干什么用,可是不知道抽屉为什么有桌子。

真的,抽屉为什么有桌子?抽屉为什么不是有耳朵?抽屉可以有手指、抽屉可以有发条、抽屉可以有封面,为什么抽屉有桌子?

人们都对胡子有脸的问题摇摇头,但他并不因为没有人愿意回答他的问题而不再问问题。他继续对着一面墙、一张桌子、一只猫去问问题,因为,他的问题,问一面墙、一张桌子、一只猫,或者是一个人,都变得没有分别了,他从来得不到他渴求的答案。

胡子有脸小时候喜欢问问题,长大了并没有改变,而且问题随着年龄增多。他在小学里问问题,他在中学里问问题,他在大学里也问问题。有一次,他问他的朋友,为什么胡子有脸?他的朋友呵呵地笑起来,从此以后,大伙儿都叫他做胡子有脸。

胡子有脸在学校里读书的时候,应该有一个名字的,可是,我没有当过他那班的老师,所以不知道。至于别的当过他老师的人,也没有提过他的名字,他们只拿着他的作文簿,猛摇他们的头说:文法都弄错了,文法都弄错了。关于胡子有脸的事情,我知道的其实不多,但我知道,他的生父叫做罗大里。

● 啊,事情还不简单,既然胡子有脸的生父叫罗大里,胡子有脸当然姓罗,他的名字,可能还叫做罗小里。

○ 不不不,不是这样。

很抱歉,事情并不是这样,因为胡子有脸是罗大里先生的头生子,不是腹生子。关于什么是头生子、什么是腹生子,我也得赶紧解释一下。

不知道各位有没有阅读过德国小说家君特·格拉斯的小说《头生》?那是一部叙述旅行与感想的小说。小说里的人物,有一半是真实的人物:一位作家和一位摄影师。其实,那就是君特·锡鼓·鲽鱼·格拉斯自己和他的朋友;小说里另外的一半是虚构的人物:一对夫妇。夫妇俩都是作者创造出来的，是作者头脑里构想出来的人物。因为是从头脑里生长出来的，所以就是头生子。头生子和腹生子不一样，因为腹生子只是妇人肚腹里生产出来的东西。

希腊神话里面有一位智慧女神雅典娜，她的出生并不寻常，因为智慧非同小可，她是从天神宙斯的头里面生出来的。天神宙斯并非希腊神话的作者，所以，雅典娜这位头生子，和一般的头生子又不一样。这方面，我就不打算在这里详细讨论了。

我们还是回到普通头生子的范畴里来，贾宝玉和林黛玉是曹雪芹头脑里生长出来的人物，罗米欧和朱丽叶是莎士比亚头脑里生长出来的人物，而胡子有脸，则是罗大里头脑里生长出来的人物。作品里的人物，都是作者的头生子。既然贾宝玉和林黛玉并不姓曹，罗米欧和朱丽叶并不姓莎士比亚，所以，胡子有脸也不姓罗，或者，准确地说，姓罗大里。

其实，不知道胡子有脸的姓名打什么紧呢，我们该多认识胡子有脸自己才是正经。不错，罗大里先生是胡子有脸的生父,关于胡子有脸的一切,还得找他去发掘最原始的资料。那么,罗大里是谁?

罗大里,姓罗大里,名贾尼,意大利人,一九二〇年生,师范学校毕业,小学教师,写过许多童话,出版过《洋葱头历险记》、《假话国历险记》童话集,已有中文译本。一九七〇年曾获国际安徒生儿童文学奖。

一九六一年,罗大里发表了七十一篇"电话里讲的童话"。据说,瓦雷塞市有一位会计先生,是一位商务代表,每星期七天里有六天要在整个意大利的东西南北中各部推售药品。星期日他回家,星期一清早又离开。会计先生有一位女儿,每当他动身出外工作,女儿就对他说:爸爸,请你每天晚上给我讲一个故事吧!

会计先生的女儿是一个晚上不听一个故事就睡不着觉的小女孩,而她妈妈所知道的故事全部都给她讲过三遍了。于是,会计先生每天晚上九时整,不管在什么地方,一定打一个电话回家,给女儿讲一个故事。他的故事都很短,因为电话是按分秒收费的。

胡子有脸,是《电话里讲的童话》中的一篇,也真的很短，就说，胡子有脸还是一个小孩子的时候，就喜欢问许多许多问题。依据小学教师在师范里学过的五段教学法来看，罗大里先生的胡子有脸童话，只得一个引起动机，因为，胡子有脸后来怎样了，他一件事也没有说。但是，他却作了一个总结：后来胡子有脸死了，一个学者作了调查，发现他从小就习惯把袜子反穿，一次也没有穿对过，所以他不能提出正确的问题。

唉，要是讲童话的长途电话不用收费就好了，那么，会计先生可以把他的童话讲得很长很长，而我们也可以知道胡子有脸长大了以后怎么样。本来，胡子有脸长大了怎么样，我们大可以找罗大里先生去问问，不过，非常可惜，罗大里先生已于一九八〇年逝世，关于胡子有脸的一切，他再也不能告诉我们了。

● 别难过，童话的作者虽然逝世，童话却可以继续生长。

〇 谁可以使童话继续生长？

● 读者。只要童话有听众、童话集有读者，童话就可以继续生长。

○我们可以使胡子有脸生长下去？罗大里先生把他生下来，我们使他长下去？

●对。我们就从引起动机那里再开始：胡子有脸头生出来的时候，已经是一个五六岁的小孩子。

○好哇，听你这么说，就知道你读过捷克小说家米兰·昆德拉的小说《不能承受的生命之轻》了。在那个小说里，主角汤玛士头生出来的时候，已经是一个中年的医生，站在一面墙前面，脑中满是犹疑不决的问题。

米兰昆德拉（我的一位朋友认为：在米兰和昆德拉之间，不应该用上黑点子的标点符号。至于该怎么样让别人分清楚哪一个是名哪一个是姓的方法，我的朋友正在研究）在汤玛士出场的时刻曾立刻告诉我们：头生子和腹生子并不一样。腹生子出生的时候，总是一个个千篇一律，与母体连着脐带的婴儿；而头生子呢，他们头生出来的时候，可以是小孩子，可以是小伙子，可以是中年人，也可以是老头子。胡子有脸头生出来的时候，是一个小孩子。

胡子有脸头生出来的时候，是一个喜欢问许多许多问题的小孩子，昆德拉小说里的汤玛士头生出来的时候，脑子里也缠绕着犹疑不决的问题。可以这么说，大多数的头生子都是怀抱着问题出生的，不然的话，他们的生父生母把他们生到世界上来干什么呢。

胡子有脸和汤玛士头生出来的时候，都带着许多问题，不过，作者对他们生长过程的处理并不相同。先说昆德拉，昆德拉头生下汤玛士之后，就把他的后半生的生活细节向我们逐步展示，同时，还邀请我们去思考汤玛士面对的各种问题。我们阅读小说的时候，仿佛汤冯上的遭遇也就是我们都会碰上的遭遇，他要解决的问题也是我们同样需要解决的问题。

昆德拉的用意，我完全明白。他的写法指出了：这已经不是那种"别人只顾写，你只顾看"、"别人写什么，你就看什么"、"别人想尽办法叫你感动，你就一个劲儿地去感动"（最佳的读者当然首选鳄鱼）的时代了。读者为什么要让作者牵着鼻子走呢？

最近，你不是买了一台录影机？有的人还以为你和别的人一样，由于不可能同时看几个电视台的节目，他们以为你无法兼顾。其实，我知道，你根本不愿意让电视台牵着你的鼻子走，你不接受被安排的节目，你要选择自己喜欢看的东西。当电视台给你的节目是《无头东宫生太子》，你可以播放录影带上的《地球的诞生》。

昆德拉头生出来的汤玛士总算有各种经历和遭遇，让我们知道这个头生子为什么被头生出来。可罗大里呢，胡子有脸出生之后，问了一连串的问题，作者再也没有告诉我们他生命中的其他生活状况。对于胡子有脸，罗大里只为我们总共报道了两个片段：其一，五六岁时的胡子有脸，是一个喜欢问许多问题的小孩子。其二，胡子有脸死后，一个学者发现他从小就习惯把袜子反穿。咦，一个人的一生，就这么简单吗？怎么引起动机一开始，忽然就出现了总结？为什么作者把胡子有脸头生出来，又不让他长大呢？

● 不是说过，要节省电话费哪。

○ 要节省电话费的是会计先生，又不是罗大里先生。

● 可能是这样：胡子有脸的成长过程、别的遭遇，全部留给读者去填充。

○读者可以参与创作的部分？

●我们正在这样做。

○啊，我记起来了。

我把《永不终止的故事》记起来了（这故事，拍成电影叫做《魔域仙踪》）：只有让读者参与故事的发展，故事里的人物才能够继续生存。如果我们打开一本书，开始一个故事，我们必须追寻到底，一旦半途而废，魔域就会消失，童话的世界就会倾塌。只有读者，可以使那遥远的奇异国度永生，使那里的繁花盛放，使那里的白马在草原上驰骋。

好吧，让我们把胡子有脸唤醒，看看他现在怎样了。别来无恙，胡子有脸还是喜欢问许多许多问题，他正在问：为什么尾巴有鱼、为什么影子有松树、为什么邮票不喝啤酒？不过，现在，他不再对着一面墙、一张桌子或一只猫问问题，他把问题写在纸上。他已经长大了，读了许多年书，还有，他终于遇上一个欣赏他的问题的人，那个人，是一个像白雪公主那样纯真的女孩子。

胡子有脸遇见白雪公主般和蔼的女孩子时，并没有忘记问她问题。他问她：为什么翅膀有蝴蝶，为什么六只角有一朵雪花、为什么银色的光有月亮？白雪公主般友爱的女孩子一听到这些问题就呆住了，她是多么喜欢这些问题呀，她觉得：只有在恋爱中的傻小子才会问这般颠颠倒倒的问题。她想，胡子有脸一定在恋爱了，她很感动。事实上，她的确很喜欢胡子有脸。

白雪公主般诚挚的女孩子并没有答胡子有脸的问题，她觉得，问题主要是供人思考，并不叫人急于盘算答案。比如说，绿绵羊三头、蓝绵羊六头、紫绵羊一头，一共该是多少头绵羊这样的问题，根本就不是要你答十头绵羊，而是要你思考，该把绵羊群聚在一起呢，还是把它们分开一下。重要的是进行组合和分配的推想，至于十头绵羊啦，这只是计算机负责的工作。

白雪公主般温柔的女孩子没有答胡子有脸的任何问题，相反的，她也问了胡子有脸许多问题：为什么苹果有树、为什么镜里面有皇后、为什么十四只眼睛有七个小矮人？

两个人都问了许多问题，两个人都那么快乐，后来，他们就结了婚,从此以后,过着快快乐乐的日子。即使许多许多年以后,胡子有脸还会问她白雪公主般美丽的妻子:为什么甜是糖果的、为什么粉红色粉白色是荷花的?而他的白雪公主般仁慈的妻子觉得,胡子有脸对她的爱恋,一点儿也没有改变。于是,她会微笑而幸福地说:为什么我会有一个像你这样的丈夫呢?而胡子有脸也要说:为什么我会有一个像你这样的妻子呢?

以前,学校里的老师常常要纠正胡子有脸问题里的文法,其实,他的问题里面,从来没有出过文法上的谬误。对于发问,他总是很仔细,他会把适当的词语放在句子里适当的地方。比如当他说:为什么我会有一个像你这样的妻子呢,他是绝不会说成:为什么我会有一个妻子这样的像你呢?

那个学者调查的结果,认为胡子有脸从小习惯把袜子反穿,所以不能提出正确的问题。关于这一点,我也不同意,学者总是这样:先有理论,然后找寻例证。事实上,胡子有脸从来没有提出过不正确的问题,而是人们无法作出正确的答案。

●我真替胡子有脸担心哪。

○怎么了？

●像他这样的一个人，生存在像我们这样的世界上，能够适应吗？大家可接受他？他能够找到工作，维持生活？难道别的人都像他的妻子那样欣赏他？

○接下去看看就知道了。

●那么，我们继续让胡子有脸生长下去。

○你喜欢悲剧还是喜剧？

●悲剧能够感动人哪。

○但我喜欢喜剧。

●悲剧好，你看，《卖火柴的小女孩》那童话多动人。

○《卖火柴的小女孩》，根本不是童话。

●照你说，什么才是童话？

○《皇帝的新衣》。

●好好好，喜剧就喜剧。

○我喜欢喜剧。在忧伤与快乐之间，我选择快乐。

●快乐是一种不风行的感情。

○好小子，快乐是一种不风行的感情，你原来还读过哥伦比亚小说家加夫列尔·百年孤独·加西亚·族长的秋天·马尔克斯的访问记。来,我们这边走,我们干什么要朝风行感情的路上挤。为什么胡子有脸要被这个没有人能好好地回答他的问题的社会排挤掉呢?没有,他没有被排挤掉,刚好相反,他要活得好好的。

如果胡子有脸生活在早半个世纪,他真的可能会倒霉,他和他的妻子都要挨饿了。可是,胡子有脸活在一个进步、文明的社会里。时代毕竟不同了。当胡子有脸还是一个小孩子的时候,人们所处的社会,还是一个工业社会,一般人寻找职业,多半要去做些生产货物的工作,比说:鞋匠做鞋子,帽匠做帽子,面包师傅做面包。许多人进入工厂,也只去帮助生产物品,纺织厂织布,制衣厂制衣,烟草公司生产香烟和雪茄。可是,胡子有脸长大了,社会的经济状况已经由工业社会过渡到信息社会。

在信息社会里,大多数的人已不再生产货物,而是投入从事信息的处理、分配或创作。比如牧师、律师、会计师、教师、秘书、社会工作者、新闻记者、经理、官员、图书馆管理员,等等等等,所有这些人,并不参与生产货物,而是处理信息。专业人员几乎都是信息工作人员。

　　胡子有脸从事的就是处理信息的工作,他在一家大机构里担任顾问的职务,顾问,在他们那个行业,顾名思义,就是照顾问题。胡子有脸的工作,就是一个星期上班四十四小时,提供问题四万四千四百四十四个。寻找问题才能发现问题,认识问题才能解决问题,而且,问题必须发现得早。

　　好端端的架空高速公路,为什么出现了裂缝?十年前拥挤的渡海轮今日为什么减少了三分之二以上的乘客?问题不是现在才出现的,各类各样的事物,一早就隐藏着问题,只不过,没有人去把它们及早发掘出来。信息社会的来临促使大企业的上层结构重视问题的存在,使明智的管理人员刻不容缓地去找寻问题,认识问题,面对问题和解决问题。所以,问题服务行业一夜勃兴,而且业务蒸蒸日上。胡子有脸要发掘的问题,多得够他忙碌一辈子。

　　●我们是在扩展一个童话吧,你说的什么工业社会、信息社会,离开童话的世界越来越远了。

〇啊啊,你怎么把意大利小说家伊塔洛·我们的祖先·卡尔维诺给忘了?他不是说过:作者描写的一切都是童话,甚至最现实主义的作者所写的一切也是童话。

●既然这样,让我们继续下去。

〇不,不用继续了。

●我们还要不要讲胡子有脸的故事?

〇不讲了。

●怎么不讲了?

〇还是由别的人来讲,我们听。

〇别的人愿意讲么?

〇也会愿意的,只不过,不知道是什么时候才讲,也许是明天,也许是明年,也许是下一个世纪。许多沉睡了的童话,即使过了几千几百年,仍会有人把它们唤醒,使它们继续生长。

●一切的童话都是永生的。

〇你听过小红帽的故事?

●一个很古老的童话。

〇过了许多世纪,竟又在我们的面前重现了。

● 谁把它重现了?

○ 罗大里。他把沉睡了的小红帽,从古老的森林带到现代的城市。

● 他使一个童话继续生长,成为永不终止的故事。

○ "从前有一个小姑娘,叫小黄帽。"

"不对,是小红帽!"

"哦,对了,小红帽。她妈妈叫她,对她说:你听我说,小绿帽……"

"不是,是小红帽!"

"哦,对了,小红帽,你去迪奥米拉舅妈那里,把这些土豆送给她。"

"不对,是到外婆家,送给她蛋糕。"

"好吧。小姑娘到树林里,碰见一只长颈鹿。"

"弄错了!她碰到的是狼不是长颈鹿!"

"狼就问她:六乘八等于几?"

"根本就没问。狼问她:你去哪儿呀?"

"对了。小黑帽回答说……"

"是小红帽,小红帽,小红帽!"

"对，她说：我去市场上买番茄酱。"

"什么呀，她做梦也没想到去市场！她说：我去外婆那儿，她病啦，可是我找不到路了。"

"对了。马说…"

"什么马呀？是狼说。"

"哦。它说：你坐七十五路无轨电车，在多莫广场下车，向右边走，那儿有三级台阶，地上还有一个钱币，你不要管三级台阶，只去把钱捡起来买一块口香糖吃。"

"爷爷，你真不会讲故事，你全都讲错了。不过口香糖我倒要买。"

"好吧，给你钱！"

爷爷又埋头看他的报纸了。

一九八五年十月

永不终止的大故事

自从夏天开始,我就是一个和以往有点不同的小说读者了。事情是这样的:我总觉得,这个世界颇为奇怪,有许多人写小说,有更多的人读小说,对于写小说的人,大家不断要求他们创新,成为有独特风格的作者;而对于读小说的人,却极少有人说什么话,也不要求他们成为有独创性的读者。仿佛凡是作者,就是想象力丰富、喜好思索的人,而读者,只是一块一块的石头。

我曾经遇见一本书,叫《玛雅族之谜》,是一本自我历险的小书,这书并不要求读者把内容从头到尾读一遍,而是每到决定性的时刻,就出现两个可能,请读者选择一个。比如说,你到墨西哥去探索玛雅族文化湮没之谜,抵达尤卡坦的首府梅里达后,你可以先去拜访专家卢巴斯博士,或者,你可以先去参观遗址。如果先拜访博士,你就把书本翻到第五页;如果先参观遗址,就把书本翻到第十一页。当然,不管是拜访博士还是参观遗址,你的新历险又面临另一次抉择。这本小书,我从头一共看了四十四次,因为它有四十四个不同的结局。不错,这的确是一本有趣的书,但我仍觉得它在牵着我的鼻子走,使我成为一块略微滚动了一下的石头。

  我不想老是被书本牵着鼻子走,我尝试成为一个和以往有点不同的读者,或者说,积极一点的读者。我说积极,并不表示我立刻会提起笔来也要写小说;写小说,是作者的事,我是读者,我只阅读,我不写。那么,我如何做一个比较积极的读者呢?积极,相对消极,而消极的读者又怎样阅读小说呢?消极的读者阅读一本小说时,就是去找一本小说,打开来,从头到尾看一遍,他们大可以在中间跳越几段,或者跳越几页,甚至看一阵开头,就翻到结尾的地方,总之,一本小说,从头到尾看完就是了。这是消极读者所做的事,至于这类读者看小说时用不用脑子思想、看得仔细不仔细,却是另外一回事了。

如今,我不完全是这样的读者了,我以前是,自从夏天以来不是。以前,我还是一条挺会流泪的鳄鱼。那么,现在,我是怎样阅读小说的呢?其实也很简单,我并不是找一本小说来看,而是两本,我会打开两本小说,一起看。当然,我虽然有两只眼睛,可没有本领右眼睛看一本书,左眼睛看另一本书(我真盼望有这样的本领),我是用两只眼睛一起看一本书的。不过,在两本打开的书上,我可以自由选择,随时转变。我可以这分钟看这本书的第三十六页,下分钟改看另一本书的第六十三页。这样子看书,不就乱了吗,不就把这本书的故事和另一本书的故事混在一起了吗?事实上,这正是一件好事,两本书本来只是两个独立的故事,一起看,可能因此衍生出第三个故事来,成为一加一等于三,或者,四本书一起看,却会合成一个故事,成为二加二等于一。这实在是有趣的事,我还是赶快把我阅读的过程叙述一下。

1
佩德罗·巴拉莫
在空墓周围

开始的时候,我找来两本书,完全是随意选取的,我不过走到家里西面的书架前面,看看有什么小说可以读一阵,就随意抽出了两本书,翻开其中的两个故事。先读哪个故事,也随自己的意,我采用开放的形式。我顺手一挪,取到手中的是墨西哥小说家鲁尔福的小说,于是,我就坐在小矮凳上阅读起来。

一个年轻人,在路上走,要到科马拉找寻自己的父亲,他从来没有见过父亲。好像是这样:父亲遗弃了母亲,母亲就带了孩子,到了遥远的地方。如今,母亲年老,病重垂危,叫儿子去找父亲,向父亲讨取该给他们的东西。母亲告诉儿子,父亲的名字叫佩德罗·巴拉莫。年轻人在路上碰见一个赶驴的人,说是住在科马拉,就和他同行,并且问起父亲的事,赶驴的人冷冷地说:佩德罗·巴拉莫是仇恨的化身,而且已经死去好多年了。

读到这里，我就停了，不过只读了几页。以前，我读一本书，一口气总要读五六十页，但那是从前的事，现在，我每次读书，只能读十页八页。视力不好，字看多了，眼睛就倦了。医生不是说过：看书最好看半小时，休息十分钟，把眼睛瞌一阵，或者看看窗外绿色的草地？我家窗外没有草地，连一片绿色的叶子也看不见，所以，我看一阵书后，只能停下来看一阵金鱼。我看了十分钟金鱼，继续看书，不过，看的不再是刚才那一本，而是意大利小说家卡尔维诺的《在空墓周围》。

一个年轻人，在路上走，要到奥凯达找寻自己的母亲，他从来没有见过母亲，好像是这样：发生了一件事，父亲就带了孩子离开，到了遥远的地方。如今，父亲年老，病重垂危，叫儿子去找母亲，母亲的名字，父亲来不及说出就过世了。年轻人在路上碰上一个骑黑马的人，尝试和他通话，可是骑黑马的人充满敌意，一声不响，而且举起了枪，尾随他。

读到这里，我又停了，这次的中断却不是主动的，因为门铃响了起来，住在我家对面的一个小女孩，抱着书本、作业簿子和铅笔，来找我教她做算术。她常常打扰我，但她是一个用功读书的小女孩，我教了她二十分钟，叫她自己做习作。她显然有点疲倦，不知道刚才在家里已经做了多久的功课。她咬住铅笔，看我打开了两本书，对换来看，她以为我在查字典。我说，是两本小说一起看。她很兴奋，说也要试试。我就到书架上去找，找了《安徒生童话集》和《王尔德童话集》给她，叫她回家去看，既然是暑假，算术明天再做吧。

我在夏天开始我的新阅读方法，夏天是我的暑假，虽然这样，我并不能够整天坐在家里看书，我还得买菜、煮饭、洗衣服。像这天，读了两段故事之后，我就没有继续下去了。找我教她做算术的小女孩回家去后，我带了钱包到超级市场去买日用品，我记得，家里的米吃完了，肥皂也用得差不多了。我是一个从不留恋超级市场的人，在市场内，我找到需要的丝苗和透明肥皂以及其他熟悉的日用品后就回了家，这情形，和我到书店去找书看完全不同。

我是一个喜欢看小说的人，空闲的时间，常常到书店去找寻书本。书本和肥皂不一样,买肥皂,我轻易可以决定,但书本呢,面对那么多的书,选择哪一本呢?书本虽是一群沉默的东西,但有它们独特的哨鸣,我要找寻的往往是最奇异的哨鸣,可这并不容易。我常常带一叠书回家,发现它们并不是我理想的书本,也许,一本我心目中好看的书就在我面前,我却把它错过了。

到超级市场去,我会经过几间电器用品商店,铺子里摆放了许多电视机,整日闪亮着画面。有时候,我会停下来看好一会,因为这一群电视机,有一半播放甲电视台的节目,另一半则播放乙电视台的节目,我可以在同一时间、地点,看到两幅不同荧壁的画面,它们有时互不相关,有时却仿佛彼此融汇,使我惊讶。

我在第二天才再打开书本,大清早,我一个劲儿看《佩德罗·巴拉莫》,这是一本很好看的小说,是个中篇,不算太长,所以我不知不觉就看完了。原来佩德罗·巴拉莫是一个大庄园主,少年时本来很穷,成年后通过巧取豪夺,变成暴发户,拥有成群牛羊,一望无际的田地,一生的所作所为,就是任意蹂躏妇女、残杀良民。年轻人回到科马拉才知道自己竟有这样的一个父亲，他是整个科马拉的仇敌。

我的确把两个故事有点混淆在一起了，它们好像是不同的独立故事，但又像只是一个故事，我的脑子里转着父亲、母亲、孩子、母亲、父亲。这边是母亲叫儿子去找父亲，那边是父亲叫儿子去找母亲，总之就是做父母的叫儿子去找寻父母。

既然我把《佩德罗·巴拉莫》看完了，就把它放回书架上，顺手抽了另一本下来。我的书不多，不过，倒也有四五个书架，中国的书，我依朝代排列；外国的书，我就依国别来分，因为这样，我把一本墨西哥小说家的书本放好之后，又抽出了旁边另一本秘鲁小说家的作品来。

2
在空墓周围
堂费德列可

我曾经做过一个梦。在书店里，沿着墙壁排列的并不是书本，而是一个个人，他们都是书本的读者，而书本呢，则在书店里走来走去，找寻读者。它们到处走，听听这个人的呼吸，看看那个人的眼睛鼻子，打量一下这个人的高矮肥瘦，敲敲这个人的脑袋。书本怎样选择它的读者呢？在这间书店内，我也站在墙边，一本一本的书在我面前走过，我看见会走动的快乐王子石像，游来游去的鲽鱼、骑着瘦马的吉诃德老爷。我就喊：选择我吧，选择我吧，我愿意做你们忠诚的读者，会努力做你们的朋友。我不知道它们听不听得见我的声音，正像我选择书本的时候，必定也有一些书本向我呼唤，但我听不见。我记得萨特在他的《文学论》中说过，读者帮助作者完成他的作品，因为对于作品来说，读者的想象活动有调整和构成的作用。我会是书本选择的读者吗，我是哪一类的读者，我又是哪一本书选择的读者？

我从书架上新抽出来的书，原来是秘鲁作家巴尔加斯·略萨的小说，我一翻，翻到第一百三十七页上，那是第八章，讲的是堂费德列可的故事。

堂费德列可如今是一个事业有成的人了，不过，小时候，他家很穷，目前他拥有名誉地位，完全由于妹妹的缘故。堂费德列可还是小孩子的时候，父母都要下田工作，就把孩子们留在家里，小费德列可则常常到河里游泳玩耍。有一天，一家人发现家里的小女婴被老鼠吃得只剩下一堆骨头。从此以后，费德列可决心要为妹妹复仇，想尽各种方法来消灭老鼠，长大后还以灭鼠为事业，设立了灭鼠公司，生意兴隆，成为巨富。

这一天是星期日，我读了一则短短的故事就没能继续读下去，星期日我常常不能看书，因为我的哥哥、嫂嫂、弟弟、妹妹，这群已经结了婚从家里离去的人，会回来探望母亲。他们把属于他们的一切都带走，只把母亲留下来给我。许多人回到家里来，挤满一屋子，我就不能看书了。大家看电视呀、打牌呀、吃蛋糕呀、喝汽水呀、讲笑话呀、吵闹呀，我也就不看书了。这天，我家一位表妹也来凑热闹，她看见我打开了两本书放在桌上。我说两本书交换着一起看，挺有趣。她说她也要试试，到书架上去找，找了一本《格林童话集》和一本小说《鲽鱼》，放在背包里带回家去看。

我的小侄女叫我给她讲故事，这个小家伙，我已经把我所知道的故事都给她讲过三次以上了。刚好书架上有一叠从博物馆和美术馆带回来的明信片，我就把明信片取下来为小侄女看图讲故事。第一幅是文艺复兴时期的画，弗拉·安杰利科画的《出埃及记》，圣母抱着圣婴坐在驴子上。我就讲故事了：从前，小花儿（那是小侄女的名字）常常到动物园去玩，你看，妈妈抱着小花儿坐在驴子上……小侄女一面听故事一面看明信片，她问：怎么妈妈和小花儿的头上都长了一个金色的碟子？我说，嗯，因为那天下雨，所以他们都戴了草帽。

这天，我上菜市场去买了许多菜，在厨房里忙碌地打鸡蛋、洗鱼、摘菜，不知如何，一面煮饭一面竟想起菲尔丁来了。他在《汤姆·琼斯》的第一章说，他可不是请大伙儿吃饭的东道主，而是一家饭铺的老板，人家进来吃饭，当然有权选择自己喜欢吃的饭菜，所以，开饭铺的老板，就得准备一份菜单，先让客人过目，晓得在这里究竟能吃到些什么饭菜，合则留下来饱餐一顿；不合，可以去光顾另外更合口味的一家。菲尔丁自己也开了一个菜单，他这样做，谁说不是在选择适当的读者呢。

晚上，当屋子里其他的人都回家去了，家里剩下母亲和我两个人的时候，我却毫无睡意，洗干净所有的碗碟，坐在小矮凳上，仍看一阵书。我继续读《在空墓周围》。原来年轻人的母亲是奥凯族的美丽少女，许多年前，一名陌生人到这里，彼此恋爱了，但她的兄长坚决反对，两个年轻人在空地上掘了一个大洞，围在洞口决斗，谁败了就掉进已经掘好的空墓中。结果，兄长身死，陌生人带走了孩子，从此离开了奥凯达。

我没有书签，当我把书本看到一半，需要一张书签夹在书里我会随手拿起任何可以利用的东西，有时是一张电费单，有时是一把木尺。这时，桌子上刚好有一叠明信片，我就拿过一张来。刚才，我给小侄女讲故事时，也翻过这幅明信片，那是夏加尔的《散步》。我就讲：这是小花儿的爸爸和妈妈，你看，他们是多么快乐呀，小花儿的爸爸握着小花儿妈妈的手，用力一挥，小花儿的妈妈就飞起来了，裙子飘呀飘呀，挺好看。

我虽然读完了《在空墓周围》，事实上我并没有读完整本书，因为《在空墓周围》只是《如果在冬夜，一个旅人》中的一节，小说共有十二章，章与章之间各有一节独立的故事。星期日之后的那些周日，我继续读了几个，包括开头那个侦探式的故事、一个听电话的故事和一个能够把眼前的事物一抹抹掉的人的故事。当然，读这些故事的时候，我一直和另外一本书交替阅读。

《堂费德列可》也只是《胡莉亚姨妈与作家》中的一节，整个小说共有二十章，单数的章节是马里奥与胡莉亚的恋爱故事，双数的章节，则是剧作家所写的广播剧。我读了好几个广播剧，包括一个足球裁判员的故事、一个音乐家的故事和一个怀了孕的新娘的故事。

整个星期，我把两本书交换看了许多次，把独立的章节和主线的故事都看了。这一次，故事那么多，我当然把它们全混在一起了，脑子里只出现一个故事：两个读者，因为追索小说的下一章，由相识变成恋人，他们读的小说，是关于马里奥和胡莉亚的恋爱；马里奥的一位朋友是写广播剧的剧作家，他写了十多二十个肥皂剧，既有利马地方色彩的故事，又有侦探故事，还有老鼠咬死女婴，父母叫儿子去找寻父母的故事……

我虽然打开两本书一起看,翻看的次序有先后,完毕的次序也不同,我先看完《如果在冬夜,一个旅人》,所以,我把那本书放回书架,从另外一个书架上取下一本书来。

3
胡莉亚姨妈与剧作家
迷惘

胡莉亚是马里奥的远房姨妈,因为离了婚,到利马来探姊姊,这时候,她已经三十三岁了。她的侄儿是一个十八岁的有为青年,在圣马可大学读书,家人对他期望殷切,个个望子成龙。可真出人意表,他竟爱上了胡莉亚,两个人不顾家庭的反对、世俗的鄙视,突破重重障碍,终于结婚,旅居异乡。这段婚姻维持了八年,他们分手时,家长们倒也觉得伤心,因为她是一个好女子,两个人又的确真诚相爱。

住在我家对面的小女孩又来找我教她做算术,她说,她喜欢看童话，不喜欢做算术，因为童话不必用脑去想，做算术则要不停地想。我说，不对，做一题算术只用想一段时间，做完了就不用再想了，童话呢，好像不用去想，却一生一世都会记在脑子里，而且常常会想起来，不但想起来，还要想了又想，生出其他的想象。

小女孩告诉我她读了安徒生《皇帝的新衣》和王尔德的《少年国王》，真奇怪，她说，两个童话仿佛照镜子似的。年纪大的皇帝穿了一件聪明人才看得见的衣服，而少年国王，他的粗陋的牧童打扮在教堂里就变了：木棍开出了比珍珠还要白的百合花，荆冠长出了比红宝石还要美丽的玫瑰，阳光透过玻璃，照在少年国王身上，他的披风变成了金色，连为他加冕的主教也震惊了，因为有一位更伟大的人物来为他加冕。所有的人不敢直视少年国王的脸，因为他的脸就像天使。

小女孩对我说，两本书一起读的确很有趣，穿聪明人看得见的新衣的是大年纪的皇帝，穿牧童衣服的是少年国王。她觉得，如果照做算术那样计算，世界可真越来越好。我说，谁知道呢，如果少年国王是上一代，聪明新衣皇帝是后一代,世界却是越来越差了。

小女孩走了之后,我又可以坐在小矮凳上看书了(坐在小矮凳上阅读,是我的习惯)。这次,我从书架上抽下来的是保裔英籍小说家卡内蒂的《迷惘》,卡内蒂是一九八一年获诺贝尔文学奖的作家。

当我看书的时候,母亲总在看电视。在我家里,并不例外,也有一座电视机,它是我母亲的宠物,对于一个七十多岁的老年人,看电视竟是唯一的娱乐了。家里的电视几乎整天不停地响着,那些长篇的电视剧集,不断地喊叫,一个钟头连接一个钟头,母亲看呀看,乐此不疲。这样子,她竟把我训练成一个不怕电视声浪的看书人了。所以,母亲看她喜欢看的电视,我看我喜欢的书本。虽然电视的声浪在屋子里波动,但我打开书本之后,渐渐的什么也听不见了,我的思想都沉进书本里面去。

小说的作者,有不同的性别,比如说托马斯·曼,他是男性;维吉尼亚·伍尔芙,她是女性。那么,当我阅读《勃登布禄的一家》时,我会听见一名男子的声音在向我叙述吗?同样的,当我阅读《浪》时,我听见的可是一名女子叙述的声音？没有，无论阅读哪一本书，我听不见叙说者的声音，这可是文学的局限？我曾经买过一些唱片，朗读的唱片，其中一套，是《坎特伯雷故事集》，我闭上眼睛，不用阅读文字，只听耳边的声音对我讲故事，一个男子的声音。对的，讲述《坎特伯雷故事集》，男子的声音，效果要比用女子的声音适当。

看书的时候，我听不见任何声音。能够听见声音不是挺好的吗，比如说阅读《胡莉亚姨妈与剧作家》时，可以听见胡莉亚、马里奥，或者剧作家叙述的声音，甚或作者巴尔加斯·略萨自己的声音。我曾经听过一些诗人的声音，朗读他们自己的诗篇；至于小说，我从没听过。如果《迷惘》是一张朗诵的唱片，我听到的，该是苍老沉郁、还是激昂愤怒的声音？

基恩是一位著名的汉学家，头脑中没有世界，只有书，他家里拥有全城最有价值的图书馆。为了找一个人来打扫几个书房，他雇佣一名女管家，可这女子根本是下贱贪婪的妇人，假扮极爱书本的模样，基恩不察，大受感动，终于娶她为妻。财迷心窍的女管家这时已五十七岁，基恩四十岁，他们之间其实并无爱情，一个只是贪钱，一个则只为找寻书本的保姆。女管家常常穿一条浆洗得坚硬的裙子，仿佛一个贝壳，她穿上这贝壳似的大裙子，到处招摇，扭来扭去，不外希望遇上适合的时间、地点和人物，好把贝壳打开。

读到这里，我取过一幅明信片夹在书里。这幅明信片，是给小侄女讲故事的第三幅图画，毕加索的《坐摇椅的妇人》。事实上，到了这第三幅图画时，讲故事的人已经不再是我，而是我的小侄女。她一面拿着明信片，一面对我讲：这个人呀就是祖母呀，她坐在摇椅上面呀编毛线衣，一件编给小花儿的妈妈，一件编给小花儿的爸爸，一件编给小花儿，还有一件呀，编给小花儿的小花猫。

这时候，我已经把《胡莉亚姨妈与剧作家》读完了，就到书架上去换过一本书，哪里知道，在架上一抽，抽了两本书出来。既然我可以两本书一起交换来看，为什么不可以三本一起读呢？两本还是三本，分别并不大，于是，我把从书架上取下来的两本书也放在桌子上，这时候，桌子上一共有三本书了。

4

锡鼓

迷惘

玫瑰的名字

我读了《锡鼓》的第一章第一节:宽阔的裙子。这是德国小说家格拉斯的小说,他的另一部作品《鲽鱼》,被表妹借去看了,同时拿走的,还有《格林童话集》。住在我家对面的小女孩告诉我她看童话的情形,她会对我说两个国王所穿的新衣像照镜子,她还告诉我《小克劳斯和大克劳斯》原来是《忠实的朋友》的续篇,因为欺侮别人的人终于得到了惩罚。至于我的表妹,她也告诉了我她读书的经验,她说,她读了《格林童话集》里的《渔夫和他的妻子》,渔夫捉到了一条很大的比目鱼,却把它放了,得到了魔法愿望,结果因为妻子太贪心,一切得到的东西都失去了。这条比目鱼,在《鲽鱼》里又出现了;不过,表妹说,她工作忙,没有时间看书,只翻了《鲽鱼》的第一章,再也没有读下去。《鲽鱼》的故事,表妹一直没有再追索，那本书，后来她也没有还，一条智慧的比目鱼后来怎么了，成为永远中断了的故事。

《锡鼓》的主角是奥斯卡，他的外祖母是一个习惯穿四条裙子的人，穿裙子的公式依一二三四的次序每天换一次，星期一是一二三四，星期二就是二三四一，星期三则成为三四一二，依此类推。裙子都极宽阔，可以一条套一条，像套合故事。那时候，外祖母正年轻，有一天，她在户外烘马铃薯，空旷的野外忽然出现了一名逃犯，追捕紧急，没处躲藏，得到她的协助，就躲在宽阔的裙子底下，果然避过了追捕者。这名逃犯，后来就是奥斯卡的外祖父。

我仍把一张明信片夹在书里，整整的一叠明信片，除了最初的两张，由我讲过故事，其他的那些，都让我的小侄女自己讲了。她一面看图画，一面讲，充分发挥了她小小脑子里的想象力。她讲得不错，可惜，后来我没再留心听她的故事，我只在想：图画会不会比文字更容易传达思想感情？我指的是两种不同的记号而言。对于许多书本，我必须学会西班牙文、意大利文，以及不同的外语，通过文字符号来阅读，但对于绘画，我不必学习不同的外文，却和任何人一样，能看米罗，看莫迪里阿尼。

我的书架上有一些外文书，多半是英文，但也有法文和西班牙文的。我虽读过几年法文，只能阅读一点儿浅易的诗，还得借助字典。至于西班牙文，努力过一个夏天，面对科塔萨尔的《八棱镜》或帕斯的《巧于模仿的语法家》等等书只能兴叹。但我为什么把那些书订购回来呢？相信终有一天能阅读它们么？

幸而，居住在我如今生活的城市里，我可以找到不少优异的译本，译自法文、西班牙文、德文……免得我在字典上像蜗牛一般地爬行。伯尔的《莱尼和他们》，译自德文原著，阿斯图里亚斯的《总统先生》，译自西班牙原著，有了这些书，也就可以不必阅读英译本了。还有，那次看完了巴尔加斯·略萨的《世界末日之战》时，英译本竟还没有上市。

基恩不大关心女管家的裙子，他关心的一直只是书本，对于妻子的裙子，他想：既然娶了她，应该给她买上一打裙子，好让她经常换着穿，只要少许上点浆就行，上浆过多太硬了，会令人发笑的。基恩既然很少关心女管家的裙子，自有关心的人；汉学家还以为娶得了书本的保姆，没想到，引来的竟是书本的杀手，她不但驱逐他的书，还把基恩也逐出了家门，并且和大楼的守门人联成阵线，把家中的书拿去卖掉。基恩浪荡小巷，被人欺凌，幸而弟弟赶来救他，回返家中。但他对一切已经感到迷惘，放了一把火，把自己和自己的图书馆一起烧掉。

住在我家对面的小女孩以为我在查字典倒并非臆测，因为她过来找我教她做算术的时候，的确看见过我忙于翻字典。原则上，每一天我会找五个生字，查过字典，记下意思帮助我阅读书本。我希望我能持之有恒，不过，我有时懒，有时忙，一年下来，认识的字并不多，许多学人、作家都背过字典，想来自己惭愧。十月以来，星期五的晚上，电台又播放《香港日安》的法语节目，这么晚，该是《香港晚安》了。时间巧的话，我仍仔细听听。我这蜗牛，我不知道什么时候可以真正地打开许多没有英译中译的法文、西班牙文的书本来看，也许永远也不可能吧。但学习一两课外文还是好的,就认识一下名字吧,最低限度,不要把玛格丽特·杜拉叫做玛格丽特·杜拉丝,把胡莉亚叫做朱利亚;并且知道,唐璜并不姓唐,唐根本不是名字。

我接着读的是意大利记号语言学家艾柯写的第一本小说《玫瑰的名字》。十四世纪一座富有的修道院,忽然发生了离奇谋杀案,一连七天,都有人无端暴毙,是什么原因导致这么多人死亡呢?原来修道院内有一座藏书珍贵的图书馆,是当时的知识宝库。对于世俗的人,杀身的原因可能是财富或恋情,至于学问渊博的僧侣们梦寐以求的,却是知识。精通希腊文、阿拉伯文及各种外文的僧侣都渴望能够进入那座充满魅力的图书馆;但那里是修道院的禁地,而且是一座迷宫,知道通路的只有院长、图书馆管理员和他的助手,一共三个人。修道院结果难逃劫难,一场大火,把整座知识的堡垒烧得干干净净。

《迷惘》和《玫瑰的名字》难道不就是一个故事么?求知者都像一只只飞蛾,奋不顾身,扑向火光。神圣的图书被乖僻的心灵统辖,知识遭受封闭隐藏,书本都失去了原来的意义。书本的好处难道不在于可以被阅读，被传播么？一本书没有人读，就等于一堆并未产生意义的符号。《迷惘》的符号，我很快认完了，放回书架后，换来的是哥伦比亚小说家加西亚·马尔克斯的《纯真的艾兰迪拉和她祖母不可置信的故事》。

5
纯真的艾兰迪拉
锡鼓
玫瑰的名字

《锡鼓》主角奥斯卡的本领是尖叫，只要尖叫，就可以把玻璃都震碎了。当然，如果他轻柔地叫，玻璃并不粉碎，只微微地破裂，形成一幅图画。奥斯卡曾经用这样的方法在玻璃上画过一颗心。

报纸上有一则文化消息，是一次小型的电影精选，我看见有两部小津安二郎的作品：《长屋绅士录》和《风中的母鸡》。这两部电影，我都没有看过，印象中也不知道有这样的作品。上次小津安二郎电影展，看了许多他的作品，原来还有如此陌生的名字。对于我，看电影的日子仿佛已经完全过去，回想起来，简直是狂风骤雨。那时候，电影节的重要作品没有一部会漏掉，谁不一天看五场电影呢，戈达尔、安东尼奥尼、英格玛·伯格曼、黑泽明，新写实、新浪潮，脑子里全是十六厘米、八厘米。可是现在，我已经很少看电影了，或者，真正值得一看的电影也不多了。

那次看七个小时长的《希特勒》，看至完场又能证明些什么？所以，看《十三个月亮》时，看了大概两三个月亮的光景，我就从电影院跑出来了。我并非越来越不喜欢电影，我只是越来越不接受电影院，那么多的人，那么正襟危坐，那么不可以自由地朗笑和说话，那么机械地被逼从头看到尾。有几句对白听不清楚，可以再听一次吗，有几个画面想重温一下，可以再播放一次吗？难怪越来越多人宁愿买录影机。而我，觉得还是在家里看看小说愉快些，随时可以停，随时可以开始，可以翻回前面的地方重看，也可以对着某一句句子仔细思想。我尽量不再让电影放映机牵着我的鼻子走。

哥伦比亚小说家笔下的艾兰迪拉是个多可怜的女孩呀,那么巨大的别墅,本来有十四名女仆打理的,可不知怎么,祖母把他们都辞退了。如今,所有的家务都要艾兰迪拉一个人做:洗衣服、擦地板、服侍祖母,单是替屋子里的钟上一次发条就需要六个小时。这晚上,小姑娘实在太疲倦了,一见到床就倒了下来,床边小几上那蜡烛被风一拂,烧着了窗帘,一直蔓延,把整座房子烧得片瓦不剩。祖母要她赔偿,就带她到处去赚钱。到了一个城镇,有一个名叫尤利西斯的青年爱上了艾兰迪拉;尤利西斯恋爱的时候,手触的玻璃都会转变颜色。

十四世纪的修道院内有一座炼冶场,负责玻璃工事的修士是莫瑞蒙地的尼可拉,他在锻铸厂里,吹出玻璃,装上铅框,做成窗户。他说,大教堂和礼拜堂的那些彩色玻璃,是两个世纪前的成品,现在想找到和以前一模一样的颜色已经不可能,尤其是礼拜堂里的那种蓝色,非常的清澄,每当太阳升高,阳光透过那层蓝,就会把天堂的光芒照进礼拜堂内。我们不再拥有古人的技巧了,他说，因为巨匠的时代已经过去。

每两个星期，我得给我的二十条金鱼换一次水。二十条金鱼，我已经饲养了许多时日。早一阵，我几乎要扔掉其中的一条水泡眼。水泡眼金鱼有两个大的水泡长在眼睛旁边，水泡就像水里面浮着的气球。金鱼缸里有一条气管和两个强力的过滤器，早一个月，过滤器组合中那四面是栅栏的环节松脱了，露出另一环节空洞的大口，这空洞像一个黑洞似的，半夜里把水泡眼的一边水泡吸了进去。金鱼又不会喊叫（如果它喊叫，我就知道了），只拚命地挣扎。直到天亮，我给它们喂鱼粮才发现。水泡破烂了，血肉一片模糊，但鱼还能游泳，翻腾一阵，息在缸底。弟弟说：这么难看的鱼，况且才几块钱一条，扔掉算了。但我总觉生命的庄严，仍把它留下。这鱼并没有死，过了一个月，竟长出一个新的水泡来。生命力这么强的金鱼，使我吃惊。

尤利西斯愿意为艾兰迪拉做任何事，甚至杀死生命力极强、鲸鱼似的祖母。他真的做了，可是，这是多么令人惊讶的故事，他终于还是失去她，仿佛她并不属于这个尘世。她沿着海边一直走，一直走，头也不回，直走到没有人看见的地方。

我看完了《纯真的艾兰迪拉》，当然又到书架前换一本书，抽出来的竟是乔伊斯的《尤利西斯》，这是一本我看过，看得极辛苦的书，最后那好几页，一个标点符号也没有。艾兰迪拉的祖母在黑暗中看见尤利西斯，她问：你的翅膀呢？他答：有翅膀的是我的祖父。我把乔伊斯的作品放回书架，暂时，我并不打算再读一遍这本书。我从书架上另外抽一本书，这一次，会是什么呢？哦，《希腊神话故事》，也是一本我看过暂时不想再看的书，我仍把它回归书架上。唉，尤利西斯。那时候，代达罗斯造了一双大翅膀，尝试飞行，伊卡洛斯飞得太高，翅膀上的蜜蜡被太阳晒得熔化了，终于跌下来，掉在海里。希腊呀希腊，一个悲剧的希腊，暂时请不要向我走来。

我有一缸金鱼，二十条；有四个书架，几百本书。金鱼的数目变化不大，总是那么的二十条，至于书本，也总是那么的几百本，没有增多。每个星期我会买几本书，依正常计算，书本应该渐渐增加；不过，许多年来，我的书本仍只有四个书架的数目，因为我是一个常常扔掉书本的人。看过的书，觉得不好看的书，我就把它扔掉了。有时候，忽然想起有过这么的一本书，却发现已经不在了。为什么我要把书本扔掉，却把一条该扔掉的金鱼留下来？我所扔掉的书本，难道都没有重生的力量？也许，我并不应该把看过一次的书本随意扔掉。对于书本，生活在不同的日子，步入不同的年龄，处于不同的环境，必定会有不同的看法。

我从书架上取出另一本书，这次可好了，是一本我喜欢看的书，巧得很，又是一本卡尔维诺，他的书，只差两本，就都齐了。

6
锡鼓
玫瑰的名字
不存在的骑士

不存在的骑士是一套没有人活在里面的空盔甲，靠信心和意志而存在,因为只是一套盔甲,所以不用吃饭,也不用睡觉,整日精神奕奕、盔甲鲜明。有位女骑士一看见不存在的骑士竟爱上他了。可是一套空盔甲,如何接受血肉之躯美丽女子的爱情呢?女骑士并不知道爱上的是不存在的人,失落了爱,伤心地躲进修道院去了。中世纪的修道院,有的人进去追求知识,有的人进去虔诚修道,有的人则进去逃避爱情。

面对那条重生的金鱼,弟弟没有话说,破烂了的鳍或尾巴,金鱼不久都能把它们长得好好的,如今,新的水泡长了出来,仿佛人们见过的最美丽的气球。弟弟看了一阵金鱼,打开他的背包,取出一本书来,非常用功地看,而且手里握着一管笔,在书页上做符号。我叹了一口气,因为他打开的这本书叫做《赛马必读》。他对我扮一个鬼脸,说,和你的那本书一样,我这一本,里面讲的也都是骑士。母亲对于弟弟所知道的骑士同样熟悉,他们经常一起讨论骑士们的坐骑和他们的猎奇。现代的骑士,使我七十多岁的母亲不断追索他们的故事,填塞自己许多无聊的空白时间。

奥斯卡不叫自己的爸爸做爸爸，他称呼他为马萨拉夫先生，奥斯卡的爸爸，也许就是尊·布朗斯基舅舅。妈妈艾纳思和舅舅是表兄妹，本来就是一对恋人，不过，他们长大了并没有结婚，而是各自和另外的一个人成为夫妇。分别结了婚，并不是说，他们不再相爱，问题是，他们不应该再相爱，所以，奥斯卡的妈妈后来自杀了。没有修道院可以进去逃避，她选择了死。唉，神爱世人，死神，却是人类最终的永久伴侣。

诺贝尔文学奖的得奖人揭晓了，是克洛德·西蒙，我从来没有阅读过他的任何一本书。我知道他是法国人，知道他是新小说的健将，知道他的作品艰涩，不过，我从来没有读过他的任何一本书。我读过罗伯-格里耶，读过布托尔，读过萨洛特，甚至潘热，我知道新小说的样子，虽然，新小说的作者有个别不同的面貌。据说，二十年来诺贝尔候选者名单上总有西蒙的名字，因为他写新小说的缘故吗？那么为什么不是罗伯-格里耶呢？无论如何，这样子也好，过一阵，就会出现一些西蒙的书本了吧，也可以找来看看了。对于西蒙，从我的角度来说，可能就是一尾重新长出水泡来的金鱼。

大火把十四世纪的知识宝库烧掉了；故事的叙述者埃森怎能把这里的一切忘记呢？那时候，他是一名本笃修会的见习僧，随着导师到修道院来开会，为路易皇帝和约翰教廷双方调解。小说中唯一的爱情故事就发生在他身上，那是一位纯真的女孩，他一生中唯一的世俗之恋。结果她被目为女巫，遭焚烧而死。他看着她，却无能为力，甚至，他连她的名字也无法知道。她叫什么名字呢？也许，就叫玫瑰吧。只要宣称"玫瑰"这个名称，玫瑰便是存在的，即使没有人见过玫瑰，或者玫瑰从来不曾存在过。

阅读的确是极伤眼神的一回事，看了一阵书之后，我一定得停下来。有没有人因为看书看瞎了眼睛？许多人患上近视，正是看书的缘故。有时候我会想，如果我的眼睛瞎了，我的书会怎样呢？那是必然的，它们就会垃圾一般给扔掉了，母亲如今不看书，我的哥哥嫂嫂、妹妹都不看我看的书，我的弟弟，只看他自己选择的"骑士文学"。我可以想到结果，书本会遇上怎样的命运。在我的家中，我的书本附依我而生存，只有当我打开它们，它们才有生命的意义。事实上，我买回家的书远比我阅读过的书多，有一些书本，如今仍列在书架上，不过是一叠印刷好的纸张罢了。

当作者写作的时候，他或者会自问：为什么写作，为谁而写？而我，一个读者，当我阅读的时候偶然也不免会想，我到底为什么阅读，为谁而读呢？是的，我为什么阅读？我想，大概只为填塞生命空白的时刻吧。我每日工作，剩下一些时间，总不成呆坐在家里，总得找些事情做做。我可以有众多的选择：看电视、看电影、种花、打毛线衣、看足球比赛、学习语文、跳健康舞、游泳、远足、爬山……只不过，当初恰巧选择了阅读，读出了兴趣，成了习惯。

那么，为谁而读呢？也是为了自己吧，打开了书本，就像打开一扇窗子，使自己可以看看外面的世界。不过，有时候，我也可能在为作者而读。必须愿意倾听，才能听到作者的声音。小时我学过一阵钢琴，乐谱不也是一本书么？五线谱上的音符是一群沉睡了的蝌蚪，只有借手指在琴键上把它们唤醒，我才听见音乐。阅读，相信也是这样。

我的小侄女，今年已经能弹不错的钢琴，我上她家的那天，听过她弹奏，萧邦的《降A大调波兰舞曲》，她弹得很用心，尽她那年龄所能做到的，演绎了作曲家的思想和感情。阅读，相信也该这样。但我不知道自己是怎样的一个读者，能使作品衍生进化，还是累得它的面目模糊不清？

　　离开学校之后，我的确再也记不起任何一题算术了，买东西的时候常常要数手指，不过，在学校里看过的童话，我却记得。以前看过的电影和书本，印象都比算术题清楚。比如今天，我忽然想起《华氏四五一度》，和这名字有关的书本和电影我都看过，那么的一场大火，烧掉基恩的图书馆和十四世纪知识宝库的大火，把书本都烧掉，只留下一本本人的书，故事装在人们的脑里，这个人是一本《宿命论者雅克》，那个人是一本《香迪传》。如果我如今生活的环境突然改变，喜欢书的人该背诵一本书，我要背诵哪一本呢？真是鱼与熊掌。而且，我的记忆能负担一部长长的小说么？

　　《玫瑰的名字》，我不久看完扔掉了。在书架上一抽，是福克纳的《献给艾米丽的玫瑰》，这书我读过，换一本吧，继续抽出来的却是莎士比亚的《罗密欧与朱丽叶》，仍是我看过的书。啊，玫瑰们哪，玫瑰无论叫什么名字，都同样芳香？

7
不存在的骑士
锡鼓
午夜孩童

奥斯卡在母亲的肚子里还没生下来的时候，已经懂事，心智成熟，听得懂别人所有的谎话，而且，能够思想。母亲曾经说过，到他三岁大，可以得到一个玩具鼓。事实上，奥斯卡一生下来的时候，就听见了鼓声。房间里有两盏灯，都是六十瓦光，一头不大不小的毛茸茸飞蛾在灯泡间飞来飞去，扑扑扑扑，飞蛾在打鼓。奥斯卡听见过兔子、狐狸、老鼠打鼓，青蛙会鼓起风暴，啄木鸟会把隐藏的小虫鼓击出来。人类有各种的鼓，他们敲打面盆、煎锅和茶壶等等。世界上的作曲家作曲，鼓手打鼓，比较起来，奥斯卡认为，任何的鼓声都及不上飞蛾，它的乐器只是两盏普通的六十瓦灯泡。他认为，非洲土族具有天生的节奏感，灵感也许源自非洲飞蛾。奥斯卡以东欧飞蛾的标准来赞誉他出生时见的飞蛾。奥斯卡称它为自己的老师。

印裔英籍作家拉什迪的《午夜的孩子》里面，也有一个奇异的小孩，和奥斯卡一样，在母亲的肚子里还没生下来的时候，已经心智成熟，能够向读者叙述自己的故事。从前有一次，他告诉我们，是一九四七年八月十五日，他说，他在印度孟买诞生，是晚上诞生的，不迟不早，正是零时零分，子夜时分。这天可是个大日子，因为是印度独立纪念日，在这伟大时刻诞生的孩子可以分得一笔奖金，而且，照片会刊登在第二日的报章上，所以，小小的婴孩，已经是一个著名的人物了。可是，这真的是叙述者最值得骄傲的时刻吗？在独立纪念日的那个零时零分，同时出生的婴孩竟有一千名，他们都是"午夜的孩子"。

不存在的骑士既然只是一套盔甲，没有躯体，就没有诞生的日子,也没有母亲,对于人的血肉躯体,他是多么羡慕呀,即使那躯体已经不再能够呼吸。你看,在战场上,许多人战死了,骑士的侍从搬运尸体时想到的是:尸体呀,你竟比我先发臭腐烂哩,以前,你能生长头发指甲;如今,却只能变成泥土的养料,使草叶长得更高,使吃草的牛孕育更多的牛奶。另一名搬运尸体的年轻骑士的想法则是:我跑到战场上来干什么呢,难道只为了步你的后尘?战争和爱情又为了什么,最终的目的,不过是一座坟墓。那么,不存在的骑士搬运尸体时又怎样想呢?他是一套没有躯体的空盔甲。唉,即使死去的人尚有一具尸体,而不存在的骑士,解下盔甲,就什么也没有了。

真的,整整几个月,我着实看了不少故事了,脑子里旋转着许多人物,他们互相重叠,彼此混合,变成一个巨大的故事,这个巨大的故事并不是滚下山来的雪球,而是宇宙中的星辰,伸展它巨大的吸力把其他的小星球吸过来,把自己发散的火花飞洒出去。所有的星光火花就在我的脑子里转,一个灿烂光耀的巨大故事在我的脑子里形成:两个读者,为了追索故事的下一章,彼此相识,而且恋爱了,他们阅读的故事,是马里奥和胡莉亚的恋爱,马里奥家的女管家因为主人远居异乡,嫁给拥有巨大私人图书馆的汉学家,后来图书馆着火焚烧,那么大的一场火,把图书馆烧掉了,把艾兰迪拉祖母的别墅烧掉了,还烧掉了整座十四世纪的著名修道院。修道院起火的时候,大教堂和礼拜堂那些巨匠们精制的蓝色玻璃,都被奥斯卡的尖呼声震碎了,因为他看见老鼠吃掉了妹妹。妹妹是午夜零时零分诞生的午夜孩童之一。马里奥的一个朋友是广播剧作家,写了许多故事,包括一名不存在的骑士,以及父母叫儿子去找寻父母,读者找寻书本,书本回溯作者的故事……

　　住在我家对面的小女孩又来找我了,不,这次她不是找我教她做算术,她过来问我借书。她说,真奇怪,童话里的人如果帮助了别人,就可以得到三个神奇的愿望,对这三个愿望她非常迷醉。她问我:如果你能够得到三个愿望,希望得到些什么?我说,我并不需要三个愿望,只要一个就够了。她问我,我的愿望是什么。我说,我只希望,可以永远这样子,坐在我的小矮凳上,看我喜欢看的书。我好像还对小女孩说,我们都是幸福的人,因为如今在这块土地上生活,还可以找到许多不同的书本阅读,而且,有阅读的绝对自由。

我把《不存在的骑士》看完了,从书架上,竟又抽出两本书来,捷克小说家昆德拉的《不能承受的生命之轻》和瑞典小说家弗里施的《蓝胡子》。桌子上共有四本书了,四本书交换着一起读,为什么不可以呢,让我坐在我的小矮凳上,继续那个永不终止的大故事。

一九八五年十一月

附录

脸儿怎么说 / 何福仁

——和西西谈《图特碑记》及其他

何：谈谈你最近看的书好吗？

西：以往看过一位波兰作家贡布罗维奇（Witold Gombrowicz）一本叫《费迪杜克》（*Ferdydurke*）的怪书，他说：书出了，没有人关心是顶难受的事，于是朋友遇见，总循例要提几句，什么我喜欢你的书，我真的很喜欢之类，这仿佛成为他们的义务了。我不希望这样。我请他们保持缄默，在缄默里期待更好、更真诚的未来。目前，我们碰头时，如果你真想表达一下你喜欢这书，你就抚抚右耳；不然，抚抚左耳好了。至于不知是好是坏，就抚抚鼻子吧。

用耳朵和鼻子做评论,这不是很有趣么?

我最近看了卡尔维诺(Italo Calvino)的《时间与猎人》(*Time and the Hunter*)、昆德拉(Milan Kundera)的《不能承受的生命之轻》(*The Unbearable Lightness of Being*),都要抚抚右耳,而且要大力地抚;伯尔(Heinrich Böll)的《安全网》(*The Safety Net*)也要抚抚。要动用左耳的,很抱歉,包括卡内蒂(Elias Canetti)的《迷惘》(*Auto-da-fé*),以及艾柯(Umberto Eco)的《玫瑰的名字》(*The Name of the Rose*)——基本上,这是一本侦探小说。艾柯是记号学专家,他这小说有相当丰富的细节,整体成就却并不杰出,案破了,就没有余味了。也许,我们应该看他的本行作品《读者的角色》(*The Role of the Reader*),此外,要抚抚鼻子的,恐怕也有一本。

何:叫什么名字?

西:名字很怪:《永远诅咒这些书的读者》(*Eternal Curse on the Reader of These Pages*),我看了两次,看得很用心,仍然只能用鼻子表示。我看得头昏脑胀,不得不暂时放下。

何：你岂不成为被诅咒的读者？

西：这书全是甲和乙的对白，末结则是几封信。甲是七十多岁坐轮椅的病人，刚从阿根廷的监狱出来，到美国的老人院去，乙是三十来岁，做推轮椅的散工，曾经充满要改革社会的热情，两人对谈，本来甲说甲的经验，乙说乙的，逐渐，甲可以引导乙放弃自己的身份、声音，改说甲的经验，甲后来也令自己改说乙的经验，结果打成一片，甲乙难分。而且说话的内容时真时假，真真假假。我用几种颜色笔坐在小凳上一边读一边圈点、疏理，可一直读不透，好像走入迷宫，走不多久就迷失了，走啊走啊，苦了眼睛和腿。

甲在狱中曾用圈读书本的方法写作，把自己要写的句语从三本法国小说里圈出来，他在其中一本的扉页写上："永远诅咒这些书的读者"，诅咒的对象可能就是监察的狱警他们。这书难读，也许是读者的问题，也许是作者的问题。但我对作者曼努埃尔·普伊格（Manuel Puig）很有信心，他是阿根廷第二代的大师，我看过他以往的书，比如《蜘蛛妇人之吻》（*Kiss of the Spider Woman*），好极了,从没读过写同性恋这种禁忌的人物竟写得那么好的,那是大抚右耳的书。

何:谈谈你自己的作品吧,是右耳抑或左耳?

西:过往写的,大都是左耳之作,现在看来,包括《像我这样的一个女子》、《感冒》、《哨鹿》……

何:右耳呢?

西:《苹果》、《假日》、《春望》、《我城》。

何:《胡子有脸》和《镇咒》?

西:《胡子有脸》和《镇咒》。

何:又如《图特碑记》呢?

西:抚抚鼻子。虽然写得很用心,但不敢肯定效果怎样。其实,自己写的东西,最好由朋友和读者表示意见。

何:艾柯在《〈玫瑰的名字〉的反省》里指出叙述者不应阐析自己的作品,可是,他修订说:"他可以说出自己为什么写和怎么写这本书。"自己写的作品由自己阐析、评定,那的确尴尬、可怜,但说说"为什么"和"怎么",倒或者可以提供评鉴的参考。就当是闲聊好了。比方说,《图特》一篇,你改了又改,改了六次。

西：是的。去埃及旅行时，看了尼罗河、卡纳克大殿、木乃伊、图坦卡蒙等等，再加上阅读，埃及的东西一直在脑里钻。

何：钻了大半年。

西：到埃及之前，已翻过一些资料，备了一点课，回来之后，再东翻西看，印象鲜明得多，那是另外一种旅程。我们五个人都很努力，那半年是我们的埃及时期，老是埃及前埃及后，朋友看见都烦厌到死。

何：总有二三十本书吧，由本世纪初的埃及考古学家霍华德·卡特（Howard Carter）、皮埃尔·蒙特（Pierre Montet）他们的书算起，还有那本著名的《亡灵书》。

西：卡特是真正的考古，没有掠夺埃及的文化遗产，他的《图坦卡蒙之墓》（*The Tomb of Tutankhamun*）三册充满发现的趣味，一点也不枯燥。其他人呢，我们在英国博物馆就看到千百种罪证。写《图特碑记》时，我运用了卡特、蒙特他们的材料。初稿我用浅白的文言文写，想模仿司马迁；但我的文言文太糟，而且想到这么一来，新文学运动岂非没有意义了？结果我只留下一段引言，改成现在这个样子。一位韩国读者看了，以为我真的是在翻译古埃及的历史。图特不过是一位神话人物。

何：这是把作者和讲者混淆了。如果说翻译，也应该是引言里那位"陈希生"，他是作者笔下的人物，是作者请出来，作为作读二者的桥梁，可能有相当的代表性，但不等于作者。他和作者是既接近，又有微妙的距离。真正的叙述者是图特这神话人物。

西：在埃及众神之中，图特是智慧之神，做的是书吏的工作，他把历史记在 Persea 树叶上。

何：在开罗博物馆里，我们也看过这种古代书吏的雕像，最出名的是书吏凯伊，距今五千年了，他交叉双腿盘坐，抬起头倾听，执笔准备书写，看来神色凝重。这雕像提供了图特的某些形象。所不同的，图特有一个苍鹭的头。

西：雅典娜也是智慧之神，为希腊人带来橄榄树，是勇敢、美丽的化身；可是另一面，却又凶残得很，拉奥孔不听令，就被巨蟒苦缠，抢天呼地，令人想到权势的可怕。我还是比较喜欢图特。神话里的图特有一位妻子，曾送给他一朵白莲花。图特掌管文书,记录历史,相当于我国古代的史官,让美事得以留存,又监察、抗衡坏事。这真是困难而又非常重要的工作。

何:那么说,这人物也不完全是神话,而且古今中外并不缺少这种人物。

西:《图特碑记》是对他们的敬礼。我非常喜欢这个人物,他是小说中的隐遁者。

何:所以写得也很凝重、简练。

西:写这小说的困难是,要求许多的细节真实,要翻查资料,比如埃及没有老虎,你总不能写出老虎来,他们的经验里没有老虎。说阿蒙的军队势如破竹,就要想想,古埃及到底有没有竹呢?要知道有什么,又要留心没有什么。形式用编年史,这是我国伟大的发明……当然,有些地方我稍加变通,不妨中国化些,例如打仗时,我运用了中国吴越之战的记载。古埃及无所谓方阵,还要等到希腊的斯巴达人。而中国,可早就有了。这毕竟是小说,某些方面,倒不妨挪用吧。好像是伯尔说的:历史和小说的分别是,在历史里人名地名是真的,其他一切都是假的;而小说,则人名地名是假的,一切都真实。

何:这也是亚里士多德所说的文学真实与历史真实的分别。《图特》之外,你还写过一篇很长的游记《卡纳克之声》,有两万多字。

西:这可说是副产品。我们参加在卡纳克神庙原地举行的声光晚会,听讲埃及底比斯的历史,听的是英语版本,他们不单讲,其实就是戏剧、诗的演出,每个法老逐一用声音现身说法,灯光就打在各种实物上,如石柱、雕像、羊首狮身、塔门、殿堂、浮刻……再加上音乐的烘托,整个气氛十分震慑人。我于是想到,我们的文化古迹何尝不可以这样做,就原地上演古代的故事?这是历史、文化、美的教育。

何:埃及的经验,在《镇咒》里又重现了。

西:中国有符咒,古埃及也有。符咒有好的有坏的。符咒既然可以保护人,可以保护一块土地,当然也可以保护一个岛。符咒云云,这是小说家言,大家不要当是导人迷信就好。因为我始终相信人自己,成事抑或败事,都在于人们自己。

何：符咒，借喻而已。这小说各节看似不相关，其实都有定向。收结不是说"刍狗只能怀育美丽的幻想"？

西：《鸟岛》是否也有这个意思？许多时候大自然本身会晓得自我调节，维持各种生态的平衡，人为的破坏，或者人从自我的认识出发，强加于其他生物，结果往往是人自取灭亡。

何：《鸟岛》则是青海经验，小说里也有许多佐证细节（testifying details），当然要经过一番搜集、观察。

西：青海湖近百年来不断收缩，湖里有五个岛，每个都是鸟的天堂，住满了斑头雁、鸬鹚、棕头鸥和鱼鸥等等，它们逐渐要面临生存的困难。这使我想到很多问题。

何：这也是岛的问题。

西：在联副刊出后，台湾屏东县一位渔民读者来信，给我一些意见，跟我讲鱼鸟、湖的降水等体验，因为他是这方面的内行，也读得很仔细，能有这样的读者真有意思。

何：同一篇文章本可以从不同的角度阅读。渔民读者阅读的角度，可能不同于一般读者，他们对鱼鸟水流的感受要强烈许多。你最近的两篇小说《胡子有脸》和《永不终止的大故事》表现了讨论阅读的本质,以及读者这角色。

西:《胡子有脸》这本书,我自己最喜欢的人物,除了图特,就是胡子有脸。"胡子"的意念来自罗大里(Gianni Rodari),他的长篇童话《洋葱头历险记》平平无奇,说来可能要抚抚左耳。可是他的七十一篇《电话里讲的童话》就好极了,每一则都很短小、有趣,也很有意思,我一边读一边会心微笑。在他的童话里,胡子有脸并不是一个人物,而只不过是一个小孩向大人提出许许多多的问题之一,我把它拈出来改写。大家看过罗大里的作品那就最好;没有,也不妨事。罗大里大概认为这种"问题"问得不正确,很成问题。我却不认为是问题。无论如何,罗大里可说是一位老少咸宜的作家,比方这一则,叫《贪吃王国的历史》:

很远很远有一个古老的王国,叫贪吃王国,它在好喝大公园东边。第一个贪吃国王叫"能消化",

这么叫他，因为他吃面条连盘子一起吞下去，而且居然能消化。

继承王位的叫贪吃二世，外号"三把勺"，因为他喝粥时要同时用三把银勺：他自己一手拿一把，还有一把由皇后拿着。不然的话他就填不饱。

在他以后登上贪吃王国宝座（国王宝座就安在一张不分日夜都摆满盛宴的饭桌的一头）的有：

贪吃三世，人称"拼盘"。

贪吃四世，人称"帕尔玛煎肉"。

贪吃五世，人称"饿鬼"。

贪吃六世，人称"狼吞虎咽"。

贪吃七世，人称"还有什么"，他连王冠都吞吃下去了，那王冠可是熟铁做的呢！

贪吃八世，人称"奶酪皮"，他的桌子上已经找不到可以吃的东西，于是把桌布都吞下去。

贪吃九世，人称"钢牙铁嘴"，他把国王宝座连同所有的坐垫都给吃了。

这个王朝就此灭亡了。

何：我也喜欢这一篇，叫《钟之战》：

以前有一场规模很大的可怕战争，双方死了好多士兵。我们在这边，敌人在那边，白天黑夜都在互相射击着。可是战争打得太久了，到了一天，造大炮的铜，造刺刀的铁都没有了。

我们的统帅叫大轰炸—大射击—吹牛坏蛋—超将军，他命令把所有钟楼上的钟都卸下来，铸成一门特别大特别大的炮，虽然只有这门大炮，却大得一炮就能打赢这场战争。

为了把这门炮抬起来，需要十万架吊车。为了把它运到前线，需要九十七辆火车。超将军得意洋洋地搓着手说："我的炮一开，敌人就得逃到月亮上去了。"

这个伟大的时刻到了。那门大大炮已经对准了敌人。我们都用棉花塞好耳朵，因为炮一响会震破耳膜。

大轰炸—大射击—吹牛坏蛋—超将军下令说:"开炮!"

一个炮手按了一下按钮。阵地上从这边到那边都回荡起巨大的钟声:"叮!咚!当!"

我们掏耳朵里的棉花想听个仔细。

"叮!咚!当!"大大炮吼着,山山岭岭回响着千千万万声:"叮!咚!当!"

"开炮!"超将军第二次下令,"开炮,混蛋!"

炮手又按了一下按钮,那种节日的钟声又从一道战壕传向另一道战壕。好像是我们祖家所有的钟都一起敲响了。超将军气得直揪头发,一直揪到只剩下一根。

后来是一阵寂静。从前线那边好像是发了个信号,也传来一阵快乐的震耳的回答:"叮!咚!当!"

原来敌方统帅轰轰炸—开开枪—吹牛臭蛋—死元帅也想到了把他们国家所有的钟都铸成一门大大炮。

"叮!当!"我们的大大炮响了。

"咚!"敌人的大炮回应了。两支军队的战士跳出战壕,迎面跳着,跳起舞,喊起来:"钟!钟!节日到了!和平爆发了!"

超将军和死元帅坐上他们的小汽车远逃,逃到最后一滴汽油也耗尽了,大炮的响声还是追着他们。

西:真希望读者能够注意这么一位作家。

何:罗大里的故事对于《胡子有脸》,只是一个起点,这小说思考了阅读的问题:读者参与创作,令书本继续生长、扩展,而且可以有不同的理解、改造和再生。《胡子》的形式很特别,也有拼贴(collage)的地方。这种技巧在《哨鹿》,以至在《档案》都出现过。

西:是的,拼贴原本是绘画的技巧,是既成品的改造,既成品的好处是各有不同的结构风格,形成矛盾的统一。我们的确可以向绘画学习,例如我看到米罗、克利,就想到一些短小的句子,像《档案》;看到波洛克,想到长句子,像《浮生不断记》、《像我这样的一个女子》,面条一般纠缠、啰嗦。

何:都从画里来。林以亮评《哨鹿》时,比之交响乐相生相拒的手法，这种见解极有见地。这之前，关秀琼也提出过另外一种很中肯、敏锐的讨论。文学、艺术确乎并没有唯一、绝对的阅读方法。我觉得《哨鹿》的读法，至少还可以从郎世宁那四幅木兰围场的画着眼。

西：我喜欢看画，所以写了《看画》作为《胡子有脸》一书的代序。我其实并不懂得什么画论，只是看画，看色彩，看线条，看形象罢了。对于画，当然也没有唯一、绝对的看法。虽然这么说，并不表示没有客观的准则。

何：《永不终止的大故事》里，主人翁的"我"把好几本书同时交替地阅读，粗看匪夷所思，实情是，只除了某些专业的读者，我们大多数人总是这样，一边看这本，另一边看那本，此时这个彼时那个，有些读得快些，有些慢些，更多的，只开了头，永远也没有读完。《永不终止的大故事》里这个叙述者，同时扮演着阅读者的角色。他的阅读，表面上互相交错，漫不经心，却是互相补充。这是否一种"创造性的背离"——背离了作者的原意，成为另外一种创造？我们阅读这一本书、这一篇文章的同时，就不自觉动用了所有阅读的经验。

西：一切的故事总是一个故事，一个更大的故事，只要有人阅读，就永不终结。我还想到阅读与环境的关系。因为书本毕竟不能代替生活，虽然，阅读就是生活的一种。合上书本，那就是现实，而这，即使你读不透，也不能跳读，或者索性搁起来不读。如果现实是一本书，有时真令人感觉自己是被咒诅的读者。我只是想到阅读的自由，只希望一个人能够不受干扰安心地用他的方法读他想读的书。

何：说回《胡子有脸》，这小说的收结，拼贴了罗大里的一个童话，就叫《讲错的故事》，提到《小红帽》。

西：《小红帽》是古老的童话，最先由法国的佩罗（Charles Perrault）写下，连小孩都听得烂熟，自己会背了。罗大里把它改写，重新赋予生命。

何：故事还是需要的，却要新的。

西：佩罗很特别，每个童话之后总来一段道德教诲，有时一段不足够，再来一段。在《小红帽》的故事里，他教训他那时候的读者不要相信陌生人。

何：这典故你曾在《垩墙》里运用过，这是悲剧，因为有时候竟连亲人也不可相信。

西:《垩墙》的初稿,就叫《小红帽姑娘》,但嫌太露了。末结的对白,朋友说受了加西亚·马尔克斯的影响,看来恐怕确实如此。影响这回事,很难说清楚。比方我如今校读《浮生不断记》,会想起卡尔维诺的《阿根廷蚂蚁》,但写《浮生》时,我还没有看《阿根廷蚂蚁》。

何:两篇除了蚂蚁,并没有相似的地方。谈谈《肥土镇》吧。

西:香港有一个研究处理废物的政府部门,以科学的方法把废物分解,利用细菌吃掉其中的有机物体,余下的渣滓,就丢弃在屋背空地上,一些雀鸟飞过,带来了种子,那里居然长出了非常肥壮的果实,比如番茄、葡萄,比原来的要大许多倍。一位亲人趁工作之便,曾获得一份肥土的资料报告,整个过程、方式据说都记得很详尽,我知道后大感兴趣,这是《肥土镇》的由来。其实我一直想写一系列关于这个镇的故事,即使不冠上这个镇的名字。可惜后来这份资料还没有翻读,从另一位亲人那里失去了。肥土这种东西,我只能根据想象,从侧面下笔,恐怕这就缺少了佐证的细节了。

何:《鸟岛》写得就有很丰富的细节,那位生物考察员介入鸟的世界,不肯安于观察,却从一已的角度为它们解决纷争,甚至把它们杀死;《海棠》里的"他们"也是这样:强加自己的意识型态在"哑巴"身上,他们颂赞蝴蝶是"缥缈的生灵",把它释放,对于在地上爬的另一种生灵毛虫呢,却打杀了。

西:跟《鸟岛》、《图特碑记》等比较,《海棠》稍早一些,写于一九八〇年,曾收于《交河》一书,但误排、错字太多。这小说,几次都有错排的地方。除了这篇,《胡子有脸》其他的小说,都未结集过。这书是按写作年份编排的,照说《海棠》应该先排,我因为喜欢《方格子衬衫》开头的一句:"你选择了我,我很高兴。"就把《方格子》放在第一篇。

读者选择了我,我也很高兴。见面时,请抚抚耳朵或者鼻子吧。

一九八五年十一月